Alberto Graziani

Derelizione

Derelizióne s. f. [dal lat. derelictio -onis «abbandono»,
der. di derelinquĕre «abbandonare»
(comp. di de- e relinquĕre «lasciare»),
part. pass. derelictus].

1

Presentarsi, arrivare lì, studiando un preciso ritardo, arrivare sospinti dall'idea di questo leggero ritardo e cercare di vederla prima di essere visto, questo è molto importante, avere a disposizione il vantaggio di vedere prima di essere visto e organizzare tutto in quell'attimo, prima che lei possa scorgermi e mandare all'aria tutti i piani. Concentrarmi sull'idea del ritardo e sul sentimento di colpa, penso, comprimendo nel senso di colpa e nell'idea del ritardo tutti i pensieri di questi mesi, i tormenti e le domande, e riuscire, penso, grazie a questa concentrazione, a comporre un'irripetibile espressione, creare una maschera appositamente per quel momento, un'espressione monouso dove leggere in qualche modo un senso di continuità, qualcosa di tristemente vicino e fraterno, riuscire a rovesciarle addosso uno spiazzamento a partire da una maschera creata apposta nell'istante in cui la vedrò senza essere visto. Senza quel vantaggio è fatale perdere subito il controllo e precipitare nei convenevoli, tanto più forti e irresistibili quanto più da lontano ci scorgeremo, entrambi, nello stesso momento, uno che aspetta senza venire incontro e un altro che arriva, impossibilitato a non venire incontro, senza la disponibilità dell'attimo in cui vedere senza essere visti, non potrò preparare nulla, costruire nessuna espressione adeguata, avanzerò pietrificato e ci tenderemo la mano da buoni automi che hanno vissuto insieme un'avventura pensata da altri, così sarà senza il beneficio di una minima sospensione, se il ritardo è calcolato male, andrà a finire male, nel senso del cortese scambio di due espressioni da visita, la pietrificazione dell'imbarazzo e via, nient'altro da chiedere se non il desiderio di dimenticare tutto e al più presto. A tutti i costi devo cercare di incunearmi nell'esiguo spazio lasciato libero da quel preciso ritardo, mettermi in mezzo, sfruttare un ritardo calcolato come cuneo per ostacolare lo scorrere del tempo, e creare questa composizione muscolare della sospensione, non espressione di affetto, non espressione di pena, di dolore o espressione di, piuttosto una faccia assoluta, in originale unico e irripetibile, una fisionomia del vuoto, perché capisca che tutto è davvero perduto, che stiamo per essere riconsegnati al solitario silenzio delle nostre vite, così, al riparo da ogni possibile spiegazione, potremo salire le scale del tribunale e firmare la separazione, rinuncia volontaria a una proprietà illegittima, come da normale procedura. Che importa dei ricordi e dei rimpianti che a distanza di secoli e vite torneranno ad assalirci, ci siamo ben cautelati a suo tempo, a suo tempo abbiamo scavato insuperabili fossati, grazie a quel piccolo attimo di sospensione siamo riusciti a creare questa maschera di niente che ci accompagnerà in eterno, l'espressione del niente che in quell'attimo ci ha devastato il viso è stata e sarà la salvezza futura, un imperativo d'ora in avanti, arrivino pure dal passato colonne e convogli e di ricordi, abbiamo di che difenderci, una formidabile maschera di niente, una fisionomia impenetrabile al passato perché costruita con la stessa materia del passato nell'attimo sospeso tra il passato che non è più e il presente che non è più stato, un bel trucco, uno di quei virtuosismi che conducono o alla speranza dell'avvenire o alla follia, in pratica al medesimo risultato, perché qualsiasi speranza non può essere concepita che in uno stato di completa irragionevolezza. Sono ancora alla deriva e non sto andando in nessuna direzione, ma il difficile non è affatto il dolore, la solitudine, l'ansia che sorge dai ricordi, per carità il dolore fa male e tutto fa male, il fatto è che il dolore deforma, l'azione del dolore è un'azione deformante, osservi bene, non vede che zoppico, non vede questo passo saltellante e sgraziato? Il dolore ci allunga o ci accorcia le gambe, i medici ci inviano dagli ortopedici e gli ortopedici dai neurologi e i neurologi dai radiologi e noi continuiamo a zoppicare, non c'è nessuna causa apparente, nessuna lesione, e noi zoppichiamo, zoppichiamo di dolore, più proviamo dolore e più saltelliamo, non appena abbiamo la sensazione del dolore saltelliamo come pazzi, forse nell'assurdo tentativo di allontanarci il più in fretta possibile dal luogo del dolore, dal luogo in cui il dolore scaturisce. Poi, il dolore è dentro di noi e per quanto il nostro zoppicare ci porti lontano, per quanto questi saltelli ci portino in luoghi lontanissimi e sconosciuti, e ci diano l'illusione di aver messo uno spazio sufficiente tra noi e l'offesa, tra noi e l'insulto, il dolore rimane sempre al suo posto, noi ci siamo spostati in un altro continente e il dolore si è spostato insieme a noi, veicoliamo da noi il nostro dolore, è un passeggero abituato a viaggiare con ogni comodità e noi gli riserviamo il posto migliore, i migliori trattamenti, come abili camerieri in attesa della mancia. Io zoppico, d'altra parte, l'alternativa è recitare un'andatura corretta e normale, l'alternativa è negare il dolore e camminare in modo sano e normale, ma se nego il dolore, se soltanto fingo un poco di serenità, giusto per sentirmi sereno, l'esito sarebbe catastrofico, cesserei non solo di zoppicare, ma addirittura di camminare, sarebbe il blocco definitivo, l'attacco distruttivo finale. L'unica strada è cercare di appropriarsi del dolore, visto che il dolore ama tanto stare dentro di noi e ricambiare il tepore con il gelo, l'unica strada è dettare le condizioni al dolore, farlo scendere a patti in cambio dell'ospitalità che gli diamo, fargli rispettare un regolamento condominiale, non dobbiamo affatto mostrarci succubi e sudditi del dolore, semmai dobbiamo educarlo e trasformarlo in un dolore perbene, un dolore ammodo, e noi non recheremo il minimo disturbo al nostro dolore e il nostro dolore si atterrà da buon inquilino alle regole del condominio, suonerà il violino in precisi orari, non calzerà zoccoli di legno, terrà basso il volume dopo la mezzanotte, il resto è soltanto questione di tempo, la solita, vecchia e naturalissima questione di tempo. Ciò che oggi ci appare smisurato e incontenibile, domani lo potremo comodamente piegare in quattro e infilare in tasca, certo, non saremo mai definitivamente al riparo, il passato è un'infinita risorsa di nefandezze impreviste, il passato è un'immane camera di tortura, ci rimane soltanto, per parte nostra, la possibilità di una civile convivenza, magari ricorrendo a un meccanico della psiche, un elettricista frenico in grado di aggiustare i collegamenti, ma va a fidarti, a correre il rischio di sostituire una camera di tortura con una camera mortuaria. Lo so, non ci sarà nessun ritardo, nessuna pausa, nessuna particolare fisionomia, bisogna attenersi ai fatti, l'immaginazione dei fatti è chiacchiera letteraria, niente a che vedere con i tribunali, con le separazioni, con gli abbandoni, con il dolore che rechiamo in noi.

2

Presentarsi, arrivare lì e scusarsi, un sorriso doloroso per esprimere la desolazione, il rincrescimento, non il mio singolare dispiacere, la mia particolare condizione in quanto derelitto e desolato, sarebbe una cosa ripugnante e sciocca, un'esibizione di infantilismo senile, invece un sorriso simbolico della sofferenza che è nel mondo, il rincrescimento della crosta terrestre e di tutto quello che poggia sulla crosta terrestre, il dispiacere dei campi di frumento, il dolore dei merli, il rincrescimento degli albicocchi, esprimere con quel sorriso doloroso, emblema dell'afflizione universale, una sorta di estremo convincimento, come per dirle che ci troviamo in un contesto di assoluta mancanza di colpa, che il dolore non è causato da noi e non origina da noi, ma è un fenomeno naturale, come il fulmine, la neve, l'erosione delle rocce, la morte. Ma è disgustoso anche questo, i fenomeni naturali sono disgustosi, l'idea di dover presentarsi in tribunale è disgustosa, il modo in cui le donne trattano gli uomini e gli uomini le donne è disgustoso, gli uomini e le donne sono disgustosi, il loro cibo e le loro bocche sono disgustosi, il dolore dei merli è ridicolo e disgustoso, il rincrescimento degli albicocchi è la cosa più imbarazzante e deprimente che sia mai riuscito a pensare in tutta la vita insieme al dispiacere dei campi di frumento, in realtà sono le solite ripugnanti deleghe per nascondere il selvaggio egoismo che ci muove, il piacere disgustoso della rivendicazione, della sopraffazione attraverso l'afflizione. Qualcuno ci abbandona, giustamente ci abbandona perché non ha altra scelta se non quella di abbandonarci e noi sbandieriamo senza alcun pudore bavosi concetti di afflizione universale, qualcuno ci abbandona e ci precipita nella derelizione e noi ci facciamo belli adottando una lungimiranza che non porta nemmeno al piano di sopra delle nostre case, trasformiamo le nostre lacrime in bigiotteria rivoltante e non facciamo altro che comunicare al mondo intero tutto il nostro meschino dolore, la nostra insignificante storiella di abbandono, credendo di essere gli unici a soffrire, salvo poi godere baldanzosamente di questa sofferenza che sappiamo essere un'occasione preziosa per esibirsi in pubblico, per distinguersi, per raccogliere gratis interessi e lodi che di solito dobbiamo pagare a caro prezzo. E' solo una ridicola e facile finzione, mentre soffriamo sappiamo benissimo che non stiamo soffrendo e che ci sarebbero mille altre cose più interessanti cui dedicarsi che la sofferenza, in realtà il grande senso di desolazione e dell'abbandono è solo una recita amatoriale per dare uno straccio di vitalità alle nostre vite naturalmente piatte. Non esistono le categorie dell'abbandonato assoluto, dell'umiliato assoluto, dell'avvilito assoluto, le persone che vestono abitualmente questi panni sono persone infide e ambigue, persone che lamentano in verità solo il fatto di essere stati colti in anticipo, battuti sul tempo, e sono stati abbandonati prima di poter abbandonare, avviliti prima di poter avvilire, umiliati prima di poter umiliare, e sono proprio questi a raccontare le balle sull'afflizione universale e sul rincrescimento dei pescegatti, trovando sempre qualche cretino che ci casca, qualche ignorante che si fa prendere per il naso, gli abbandonati e gli umiliati in assoluto esibiscono la loro sensibilità ipertrofica e se ne vantano come uno smisurato attributo sessuale, fanno un discorso di tonnellaggio, di bruta quantità, esibiscono quintalaggi di dolore e si appuntano al petto decine di medaglie al dolore, hanno un briciolo di verità e di ragione dalla loro e se ne servono senza pensarci un istante, miserabili utilizzatori di verità, falsificatori, commercianti di sentimenti. La verità è la verità e basta, non è utilizzabile, non è uno strumento di lavoro, è pura finalità che nemmeno lontanamente dipende da noi, se facciamo un qualsiasi uso della verità, questa non è più verità, immediatamente cessa di essere verità, diventa strepito, grido, disgusto, merce e materiale di compravendita. Per una ragione o per l'altra, in una storia o in un'altra, tutti abbiamo subìto un abbandono e tanto più l'abbiamo rifiutato quanto più abbiamo voluto leggerci una qualche verità, una qualche forma di verità, e invece sono soltanto pretesti, crediamo di non poter fare assolutamente a meno di una qualche forma di verità e invece stiamo solo affannandoci a cercare dei pretesti, umanamente ci mettiamo a caccia di quella che crediamo essere la verità e umanamente distruggiamo la verità riducendola a pretesto, quello che accade realmente è che non esiste una verità e una ragione di abbandono, quello che accade e che non vogliamo vedere perché ci appare assurdo e inaccettabile, è che l'unica verità è costituita dai pretesti, l'abbandono è un pretesto, l'amore è un altro pretesto, l'affetto o la disaffezione nascono comunque da pretesti. C'è chi viene abbandonato perché poco incline all'igiene personale, chi perché rumoreggia nel mangiare la minestra, chi per gli orecchi a sventola, tutti vengono demoliti dalla verità di questi pretesti ed è questa l'unica verità, non c'è altro, non c'è la verità della verità, esistono invece i pretesti e la verità dei pretesti, il collo sporco, gli orecchi a sventola, il non saper stare a tavola, solo che i pretesti sono molto più umilianti che la verità, la verità è nobile e i pretesti sono volgari, così abbiamo bisogno della nostra idea di verità per nobilitarci, mentre i pretesti ci trascinano nel fango, i pretesti ci rendono ridicoli e abietti, solo la verità ci può ricollocare sull'altare, restituirci la sicurezza, e allora preferiamo dipingere di vero immani menzogne pur di ritornare a brillare dal buio insopportabile del pretesto, meglio la rinuncia definitiva alla verità piuttosto che consegnarsi alla verità, meglio rifugiarsi nel mondo dei desideri, dei sogni, del passato, meglio morire giorno per giorno soffocati dalla finta verità, piuttosto che convivere con la radicalità dei pretesti. Oppure presentarsi e arrivare lì con una frase studiata, con un copione pronto e imparato e memoria, spesso una serie di domande che simulano un reale interessamento e che tradiscono fin da subito un diabolico prendersi cura del proprio fallimento, domande che hanno solo un significato e uno scopo intimidatorio, assalti a sorpresa e a tradimento, cose che del resto facciamo tutti ogni giorno, chiedendo sempre il Come, come va, come stai, come vanno le cose, e l'umanità è continuamente imbarazzata e tormentata da questo stramaledetto Come, gli uomini si tormentano e si rovinano con il Come, mentre potrebbero vivere più sereni e togliersi dai tormenti chiedendosi soltanto il Dove o il Cosa, che non richiedono perifrasi o funambolismi mentali, ma risposte dirette e concrete, al riparo dal mondo dei desideri e dei sogni, risposte sbrigative e di scarso fabbisogno energetico, la realtà è che viviamo comunque, in qualsiasi condizione, al di sopra dei nostri mezzi, abbiamo i pretesti e li sprechiamo in cerca della verità, abbiamo la verità dei pretesti e la buttiamo, cercando false verità più gradevoli, abbiamo le forze per resistere agli abbandoni e le sprechiamo fabbricando false verità, abbiamo tempo e lo sprechiamo inseguendo ideali di comodo e meschine sistemazioni. Quello che ci salva, se ci salva, ci salva sempre all'ultimo.

3

Ci presentiamo e arriviamo lì in perfetto ordine e perfetto orario, lo facciamo per noi, lo facciamo per gli altri che questo si aspettano da noi o questo non si aspettano da noi, in ogni caso lo facciamo per stupire e per soddisfare noi stessi o per stupire e soddisfare gli altri, del resto non è un appuntamento di lavoro, non è un appuntamento amoroso, non è un appuntamento tra amici, è solo un'incontro organizzato, un ritrovo forzato, funzionale al disbrigo di questa pratica di separazione, potrei anche arrivare lì stringendo il collo di un pollo, un pollo spennato che penzola come un turibolo e sparge intorno un greve odore di carne, potrei presentarmi con questo pollo stretto nel pugno, non cambierebbe nulla, è solo una combinazione funzionale e ragionata, un appuntamento con la legge e gli uomini che che rappresentano la legge, nessuna poesia e quindi nessun pollo, però non mi dispiace l'idea di entrare nel tribunale con un pollo, vedere le facce dei pubblici ministeri e degli avvocaticchi figli di avvocati e nipoti di avvocati che camminano per il tribunale esibendo una sicurezza padronale, come si muovessero nei loro appartamentini personali, in uno spazio privato e riservato soltanto a loro, servi azzimati di una legge vecchia e foruncolosa che fanno apprendistato sulla pelle dei disgraziati che capitano sotto le loro giovani grinfie, passare sotto al naso dei giudici con il mio bravo cadavere di pollo che sparge l'olezzo rivoltante del pollame defunto, forse non me lo permetterebbero, un pollo morto dentro al tribunale, i grandi concetti non si sopportano tra loro, giustizia e animalità, legge e pollame, diritto e becchime, gli uscieri mi bloccherebbero indicando il pollo, chiamerebbero gli agenti di polizia e mi porterebbero in questura insieme al pollo, e cosa potrei spiegare, cosa potrei dire, l'azione simbolica passerebbe per una stupida bravata, il simbolo sarebbe degradato a goliardia, oppure l'innocente simbolismo del pollo, a voler fare un discorso più realistico, sarebbe preso dai funzionari della questura, sempre con le antenne drizzate e pronti a vedere complotti anche in un pollo spennato, come un'azione intimidatoria, un atto di terrorismo, un attentato alle istituzioni democratiche, e tutto questo per un misero pollo comprato in macelleria, di sicuro arresterebbero l'ignaro macellaio come pericoloso ideologo, l'ignara moglie dell'ignaro macellaio come basista e decine di ignari clienti come componenti e simpatizzanti di un presunto movimento eversivo galliforme, i giornali riempirebbero le prime pagine, gli analisti politici e gli esperti socioeconomici scriverebbero fondi e corsivi gonfi di preoccupazione e sconcerto, i doom-writers consegnerebbero agli editori racconti e romanzi più catastrofici e apocalittici degli scritti di Giovanni, e tutto per un pollo, tutto scatenato dall'innocenza di un pollo, il simbolo della giustizia orrendamente minacciato dal simbolo dell'innocenza, l'innocenza contro la giustizia, il discorso si riduce soltanto a questo. Se ci presentiamo e arriviamo lì in perfetto ordine e in un perfetto stato di innocenza, subito veniamo prelevati e sbattuti in qualche angolo umido di una questura, questa è la realtà, viviamo in un paese che odia l'estraniamento, che fa di tutto per reprimere le estraniazioni, i figli non devono allontanarsi mai dalla loro mamma, le figlie non devono mai allontanarsi dalla loro casa, i polli non devono mai spostarsi dalle macellerie e dai banchi frigoriferi, i genitori non possono estraniarsi dai loro figli, la giustizia non può spostarsi dai tribunali, la politica non può estraniarsi dai palazzi, il potere non può allontanarsi dal denaro, gli uomini non possono allontanarsi dall'umanità, ogni trasloco è proibito, ogni diserzione dai riferimenti prestabiliti è punita, ogni innocenza bandita. Guai a non rispettare i contesti, il contesto è sacro e chi non rispetta il contesto è un sacrilego, arrivi pure in perfetto orario e in perfetto ordine, se comunque si presenta con un'alternativa, che sia un pollo o uno stato d'animo, commette un sacrilegio, attenta alle istituzioni, gli si tolgono immediatamente i diritti politici, esibire un pollo in quanto alternativa o esibire l'alternativa in quanto pollo è agli occhi della legge un'azione criminale e agli occhi del pubblico un'azione abominevole, per presentarsi lì con un pollo e non passare guai servirebbe una dichiarazione di incapacità di intendere e di volere, un attestato di pazzia, se l'alternativa è la follia il contesto è salvo e salve sono le istituzioni, se l'unica alternativa è l'innocenza in quanto follia, la solitudine in quanto follia, il perfetto orario in quanto follia, il leggero ritardo in quanto follia, il pollo in quanto follia, il pensiero in quanto follia, il dolore in quanto follia, l'abbandono in quanto follia, allora ci lasciano stare, allora va tutto bene, allora il contesto è salvaguardato. Io ho paura, non ho mai avuto tanta paura in vita mia, una quantità così smisurata di paura, paura di arrivare davanti al tribunale e smarrire ogni coordinata, sto volando a velocità ultrasonica e ho tutti gli strumenti impazziti, ho paura di andare a sbattere contro una montagna, di mancare la pista, non ho alcun strumento per individuare la pista, non ho alcuna possibilità di mettermi in contatto radio con la torre di controllo, è un sogno ricorrente, una notte dopo l'altra da alcuni mesi sogno di pilotare un aereo impazzito e navigo a vista senza nessun riferimento strumentale e ad ogni sogno, alla fine del sogno, abbandono la cabina di pilotaggio e vado a rifugiarmi in coda, mentre tutti i passeggeri seduti ai loro posti stringono al petto un pollo spennato, tengono sulle ginocchia un pollo, accarezzano un pollo e gli parlano, e se i sogni sono una verifica dei sospetti allora tutti abbiamo bisogno di un pollo e di un'alternativa, tutti ci rendiamo conto che i contesti ci stanno uccidendo e l'unica possibilità di sopravvivenza è allontanare i contesti con un pollo, un gesto di pollo, come gesto rivelatore dell'insensatezza, come possibilità di rallentamento, di riappropriazione delle cose. Spesso crediamo che le parole siano insostituibili e ci affidiamo completamente alla torre di controllo delle parole, pronunciamo frasi come ti amo, la mia vita senza te non ha senso, ti voglio bene, e intanto andiamo a sbattere a velocità ultrasonica contro il fianco di una montagna, andiamo a sbattere a tutta velocità contro le persone che amiamo, la verbalizzazione dei sentimenti è una torre di controllo sadica e burlona, diciamo e devastiamo, diciamo e distruggiamo, parliamo e ci schiantiamo perché trattiamo le persone come mete da raggiungere, come piste di atterraggio, diciamo ti amo e ti voglio bene e abbiamo in mente solo la nostra squallida e inutile salvezza.

4

Cercherò allora di presentarmi in anticipo, di nuovo questa idea delle cose a cui non riesco a sottrarmi, questo pensare alle cose, e più pensiamo alle cose e più le cose ci colgono di sorpresa, più pensiamo alle cose e più le cose si allontanano, cercherò allora di presentarmi in anticipo e pensare in anticipo di presentarmi in anticipo, arrivare lì e compiere un sopralluogo, studiare il punto preciso di attesa, le direzioni di arrivo, il punto più scoperto e il punto meno esposto, il punto più nascosto e il punto meno visibile, il pensiero delle cose ci rende peggio dei peggiori criminali, il pensiero delle cose ci costringe a sopralluoghi assassini, all'analisi anticipata del terreno per condurre meglio l'assalto, per seminare mine e tagliole e attendere che l'altro venga avanti, magari invitato da un cenno o da un sorriso. Il pensiero delle cose ci rende meschini, mentre dovremmo cercare di slegare il più possibile il pensiero dalle cose e procurarci una pace interiore duratura, continuiamo, contrariamente, ad applicare il pensiero alle cose e ad avvelenarci l'esistenza perché le cose rendono mostruoso il pensiero e il pensiero rende mostruose le cose, una specie di delittuosa interferenza tra il pensiero e le cose, così il ricorrere al pensiero deforma l'anticipo e deforma il pensiero dell'anticipo, così l'anticipo deforma il pensiero e l'anticipo del pensiero, cioè il pensiero deforma la cosa e il pensiero della cosa, e la cosa deforma il pensiero e la cosa del pensiero, accade sempre così, invece di sorvegliare che i pensieri non vadano a intaccare le cose e sparare a vista sulle cose che deformano i pensieri, noi incitiamo i pensieri e le cose a intaccarsi a vicenda, invece di vigilare, favoriamo, dovremmo essere i sorveglianti e siamo i conniventi, dovremmo essere i custodi e siamo i complici, siamo i garanti corrotti dei pensieri e delle cose che si corrompono a vicenda e diventano irriconoscibili e rivoltanti, alla fine non riusciamo più a riconoscere quali sono i pensieri e quali le cose, i pensieri si solidificano in cose e le cose si vaporizzano in pensieri, un ribaltamento radicale di mondo e sopramondo, una catastrofe senza rimedi, catastrofe da lasciare alla catastrofe come unica soluzione. Crediamo di effettuare un sopralluogo, ma in realtà il nostro pensiero si è fuso e confuso con la cosa, è diventata la cosa, e il sopralluogo diventa sopralluogo senza luogo, analisi minuziosa di un'utopia, studio inutile di un luogo che non esiste, ci mettiamo in testa di compiere il nostro sopralluogo e andiamo a studiare la geografia inventata dalle cose che hanno deformato i pensieri e dai pensieri che hanno deformato le cose e ci smarriamo definitivamente nel sopralluogo, non abbiamo più possibilità di uscirne e soffochiamo dentro al sopralluogo, nel momento dell'anticipo, proprio in quel momento che avrebbe dovuto salvarci. Non si possono avere speranze nei luoghi, i luoghi sono scenografie della mente, fondi di cartone che cambiano al cambiare dei sentimenti, quelli che si ispirano ai luoghi, mentono, quelli che dicono di ispirarsi al paesaggio, mentono, quelli che dicono questo paesaggio è magico, sono da rinchiudere in manicomio, i luoghi sono soltanto la nostra costruzione e noi vediamo soltanto la costruzione dei luoghi, i luoghi costruiti, siamo noi che ispiriamo i paesaggi, ovvero, ispiriamo i luoghi ad ispirarci, a seconda delle nostre urgenze, delle nostre necessità di vedere all'esterno ciò che sentiamo all'interno. Io sono in un luogo, ho costruito e predisposto un luogo dove da mesi e mesi suona incessantemente una sirena e non ho alcuna possibilità di fermarla, perché il suono ormai si è trasformato in un pensiero, è diventato parte fisica del luogo e da mesi questa sirena mi lacera il cervello e il luogo che ho costruito e in cui sono, si è appropriato completamente dello spazio, io sono in questo luogo ma questo luogo non è più in me, e la sirena urla da mesi come un turno in fabbrica che inizia o finisce per l'eternità, la sirena è il luogo e il luogo è niente più che il suono e totalità di spazio, uno spazio di continua lacerazione. Immaginiamo di non poter più vivere senza una persona, ci ficchiamo in testa di non riuscire più a immaginare la vita senza quella persona e così ci incarceriamo volontariamente in un luogo dove non abbiamo più diritto di stare, un luogo che presto o tardi ci estromette e che non possiamo più controllare, per qualche attimo rinunciamo all'immaginazione e al potere salvifico dell'immaginazione e il luogo prende il sopravvento, il luogo diventa sopralluogo del luogo e noi diventiamo i sopralluoghi viventi del nostro abbandono. Si può liquidare tutto con la formula investimento sbagliato, trovare consolazione nelle parole, anche se le parole sono sempre mortali, la realtà è che ciò che è smarrito, è smarrito per sempre, ciò che è perduto, è perduto per sempre, noi ci rifugiamo nelle parole e nelle convenzioni e preferiamo credere all'eternità dei sentimenti piuttosto che all'eternità degli abbandoni, ci gettiamo a capofitto nell'amore e nell'amicizia attratti dai loro abissi illusori e ci fracassiamo in queste parole di bassi fondali, e quello che resta del dolore e dell'esperienza, invece di metterlo a frutto ed elevarlo a nuovo sistema, invece di farne un metodo, di ricavarne uno straccio di metodo per sistemare il salvabile, lo trasformiamo in un continuo spavento, diventa un timoroso cinismo verso tutto. Ci fracassiamo la testa in pochi centimetri di assoluto e questo ci basta per sviluppare una reazione allergica a tutto, con assoluta stupidità passiamo dall'entusiasmo del sentimento alla sensazione di morte imminente, senza mediazioni dall'innocenza all'incombenza. Ogni sopralluogo è funzionale all'oppressione, ogni perlustrazione precede un crimine o succede a un crimine, tutto il nostro pensiero è un pensiero criminale che deriva dalla mancata mediazione tra innocenza e incombenza, dal passaggio radicale da questa a quella, dall'assolutamente assoluto dell'innocenza all'assolutamente relativo dell'incombenza, dall'assoluta invulnerabilità dell'illusione all'assoluta vulnerabilità della disillusione, ogni nostro pensiero è un sopralluogo criminale in vista del non ancora o del già stato, piani, disegni, progetti sono criminali perché l'intento è sempre criminale, che derivi dall'innocenza o derivi dall'incombenza, il risultato è che siamo sempre cacciati da un luogo all'altro, continuamente in movimento da un luogo all'altro. L'unico futuro che ci è riservato è l'imminenza di qualcosa di già avvenuto.

5

E' difficile, no, non è difficile, che cosa è difficile e che cosa non è difficile, da un momento all'altro scopriamo di essere del tutto diversi da quello che crediamo, ci guardiamo allo specchio e scopriamo di essere molto più alti di quello che pensiamo, altezza, magrezza, grassezza, espressioni del viso, scopriamo l'assoluta menzogna dell'immagine corporea, dell'ambiguità del pensare noi stessi proiettati nella materia, ci sono quelli che pensano di essere più e quelli che pensano di essere meno, i primi insopportabili per la superbia e la presunzione, i secondi per l'insicurezza e il senso di colpa congenito, i primi come inventori del mondo, i secondi come fruitori colpevoli, persone che hanno scritto in faccia che non meritano quella faccia, che immeritatamente pensano, immeritatamente si nutrono, immeritatamente si vestono, mentre l'altra categoria compie tutto meritatamente, tutto le è dovuto, perfino le disgrazie sono elevate a orgoglio. Così collocarsi nel mondo non è assolutamente difficile, scegliersi un ruolo nella società non è difficile, basta decidersi per il più o per il meno, per l'inadeguatezza o l'adeguatezza, seguendo lo sfalsamento iniziale della propria immagine corporea intesa come naturale inclinazione a vedersi e a percepirsi, così chi si sente basso andrà ad occupare i piani bassi e chi si sente alto andrà ad occupare i piani alti, per gli altri, quelli che si sentono alti e vanno ad occupare i piani bassi e quelli che si sentono bassi e vanno ad occupare i piani alti, il destino è sempre fallimentare e disgraziato. Cosa importa poi se i derelitti e i falliti sono milioni, se i bassi ai piani alti e gli alti ai piani bassi sono milioni e gli alti ai piani alti solo poche decine, la realtà è che noi siamo la complicazione di un meccanismo semplice e naturale, basso con il basso e alto con l'alto, è colpa soltanto della nostra complicazione se i bassi tendono all'alto e gli alti al basso, colpa dell'immagine distorta che abbiamo di noi e dei nostri simili, visto che l'unica misura dei nostri simili è data appunto dalla misura che abbiamo di noi. C'è anche chi, per nascita o per condizione, non ha per niente bisogno di percepirsi e di collocarsi, quello che rimane naturalmente basso tra i bassi o alto tra gli alti, vale a dire chi gode di una perfetta corrispondenza tra ciò che è e ciò che crede di essere, ma a parte Gesù Cristo, la storia non abbonda di esempi. Crediamo di essere alti e di amare una persona alta e invece siamo bassi e amiamo una persona bassa, crediamo di essere alti e siamo bassi, siamo bassi e crediamo di essere alti, crediamo di amare una persona bassa e in realtà quella persona è alta, crediamo di essere alti e invece siamo alti, e invece lo siamo proprio, anche se abbiamo una giusta immagine di noi, non è mai un'immagine corrispondente, niente è più impraticabile della tanto decantata conoscenza di se, a meno che questa conoscenza non abbia per oggetto la propria quotidiana irriconoscibilità. Ogni giorno inizia con la lotta tra quello che siamo e quello che crediamo di essere, ogni giorno dobbiamo sforzarci nell'autoriconoscimento, raggiungere in qualche modo un qualche grado di riconoscibilità di noi stessi, un debole punto di coincidenza tra l'immagine esteriore e l'immagine interiore, poi capita il giorno che non siamo più in grado di riconoscerci, che da un momento all'altro non siamo più capaci di sviluppare un'immagine interiore e abbiamo davanti a noi, sullo specchio, una faccia mai vista, che non ci appartiene e non abbiamo mai conosciuto, una faccia che si è sviluppata e formata nel corso della notte, una faccia cresciuta a tradimento, priva di qualsiasi consentaneità, assolutamente inadeguata al pensiero di quello che crediamo di essere e a quello che siamo effettivamente, una maschera comica che sorride spaventosa, un'orrenda sopraffaccia che ci studia. Usciamo e la gente crede di avere a che fare con noi, ma in realtà ha a che fare con la sopraffaccia, la gente crede di parlare con noi ma parla alla sopraffaccia, la sopraffaccia si è impadronita di ogni adeguatezza e inadeguatezza precedenti e gestisce le situazioni in modo abile, da vera sopraffaccia, non è più questione di quello che crediamo e di quello che siamo, non è più una questione interna tra noi e noi, è la sopraffaccia che comanda, ora è una questione di adeguamento nostro alla sopraffaccia, la dispotica e intollerante sopraffaccia che è anche sulle facce della gente, tutto il mondo è il mondo delle sopraffacce e tutti i discorsi che si sentono sono discorsi di sopraffacce, sono risate di sopraffacce, sono singhiozzi e confessioni, dichiarazioni e grida di sopraffacce. Non conta più quello che siamo e quello che crediamo di essere, conta solo la sopraffaccia, ad un dato momento la sopraffaccia ha messo insieme quello che crediamo di essere e quello che siamo e ha creato se stessa da se stessa, in qualche modo la sopraffaccia è l'unica concretezza che possiamo vantare anche se tutte le nostre azioni e i nostri pensieri sono finalizzati alla sopraffaccia e adeguati alla sopraffaccia, così mi presenterò e arriverò lì con una sopraffaccia, impossibilitato ad altro, come tutti gli altri impossibilitati ad altro, esibirò la mia brava sopraffaccia cresciuta a tradimento e mi incontrerò con un'altra sopraffaccia, e le nostre sopraffacce si vedranno e si parleranno, e questo non mi preoccupa affatto, anzi, in un mondo di sopraffacce chi non ha ancora una sopraffaccia è perduto, la gioventù che ancora non ha una sopraffaccia è sempre ridicola e impotente, la vecchiaia che non ha più la sopraffaccia è sempre ripugnante, non conosciamo altra verità che la sopraffaccia e siamo riconoscibili a noi stessi solo attraverso la sopraffaccia, solo attraverso la menzogna della sopraffaccia. I malati, i derelitti e i reietti non hanno più la sopraffaccia e vengono rinchiusi, i folli e i santi sono rinchiusi, i criminali sono rinchiusi, i poeti si rinchiudono spontaneamente perché sanno che non potranno mai avere una sopraffaccia, chi non ha la fortuna della sopraffaccia è tagliato fuori dal mondo, chi non ha la sopraffaccia non ha il senso comune delle cose e non agisce per il bene comune. L'inadeguatezza è una sopraffaccia, l'adeguatezza è una sopraffaccia, la naturalezza è una sopraffaccia, gli alti che si sentono bassi indossano una sopraffaccia, i bassi che si sentono alti portano una sopraffaccia, i bassi che si sentono bassi nascono con una sopraffaccia, non c'è scampo e non c'è modo di utilizzare la sopraffaccia senza esserne utilizzati, l'unica possibilità è un uso responsabile della sopraffaccia, cioè ingaggiare con essa una lotta furibonda, costringerla alla coerenza, tenere sempre a mente che sulla nostra faccia c'è una sopraffaccia che tende alla prevaricazione, che fa di tutto per scavalcarci e per assimilarci.

6

Non recrimino, le cose durano quello che devono durare, ha detto con saggezza il gommista e poi è scomparso dentro l'officina, portando sottobraccio un pneumatico, proprio così, nella vita bisogna essere come il gommista, mi sono detto, devo ostentare la sicurezza del gommista e entrare nella mia officina con un pneumatico sottobraccio, il resto sono ricordi e fandonie da tenere buoni per la vecchiaia, quando non avremo altre risorse da sfruttare se non proprio i ricordi e le fandonie, per adesso quello che conta è la concretezza del pneumatico e la concretezza del gommista, gli pneumatici durano quello che devono durare, i tulipani durano quello che devono durare, e le scarpe, gli orologi, le amicizie, gli amori, le unioni e i matrimoni durano quello che devono durare. A milioni si sposano e a milioni si separano, a milioni si risposano e a milioni si riseparano, milioni di gommisti si sposano e milioni di gommisti si separano, l'importante è non recriminare e addentrarsi nell'officina con una gomma sottobraccio, il resto non ci compete e sul resto non abbiamo nessuna voce in capitolo, così ancora il gommista, le cose hanno la loro durata e le cose si aggiustano da sole, questo è il pensiero dei gommisti e la filosofia dei gommisti che è il pensiero comune di tutti e la filosofia comune di tutti, mi piacerebbe capire la radice di questa visione del mondo che ha penetrato milioni di cervelli, questa concezione che implica il distacco tra noi e le cose, la totale autonomia delle cose che durano quello che gli pare e si aggiustano da sole, senza nessun sospetto della violenza che ci praticano le cose, senza nessun odio nei confronti delle cose. Per i gommisti le cose avvengono da sole, per i fioristi le cose si aggiustano da sole, per i lattonieri le cose durano quello che devono durare, per gli architetti da cosa nasce cosa, per i politici le cose si mettono bene o si mettono male, da una parte ci siamo noi e dall'altra ci sono le cose, e questo ci pare saggio, ma soprattutto comodo, perché così noi non siamo affatto responsabili delle cose, le cose sono indipendenti da noi e noi non possiamo modificare le cose, e intanto le cose ci annientano e ci distruggono, le famose cose ci devastano e ci violentano, tanto poi le cose si aggiustano, già, le cose sì che si aggiustano mentre di noi, grazie alle cose, restano solo i cocci. In elettrotecnica cosfimetro è il sinonimo di fasometro, questo basterebbe ad aprire mondi straordinari e orizzonti di nuovo entusiasmo, ma ormai ho sviluppato un'enorme diffidenza nei confronti delle cose e dei gommisti e delle parole e dei fioristi, non bisogna credere a quelli che si nascondono dietro le cose, né ai dizionari che nascondono le cose dietro alle parole e le parole dietro alle cose, andare a caccia di possibilità dentro le cose e attraverso le cose è come cercare uno stambecco nella fossa delle Marianne, e poi le cose servono soltanto a circostanziare le cose, ad attenuare e mistificare le cose, i fatti, le nostre azioni, quello che è accaduto. Appena ci mettiamo a considerare le cose subito siamo portati a mettere in scena le cose, ad ambientarle, a circondarle di cornici di pessimo gusto e alla fine non abbiamo più a che fare con le cose, ma con l'attenuazione delle cose, cose di cui non si percepiscono più i contorni e di cui si vedono a malapena le sagome, non più le cose ma i profili delle cose, invece dobbiamo oggettivizzare e assolutizzare, non dobbiamo farci prendere la mano dalle cose che tendono a fluidificarsi e scontornarsi, le cose sono abili a offrire scuse e giustificazioni, in realtà, dobbiamo sempre e in ogni momento destorificare, avere il coraggio e la lucidità della destorificazione, spogliare il più possibile il contesto, eliminare i compiacimenti e le circostanze, mettere a nudo le cose e inchiodarle alla realtà delle cose, usare loro lo stesso crudo trattamento che esse usano con noi. Questa donna ha deciso di andarsene e io sono passato ai fasometri e ai cosfimetri, lo si può interpretare come un segno di squilibrio, un radicale sbandamento destinato a finire nelle pagine di cronaca oppure come una reazione alle cose, il risultato di un processo di raffinamento delle cose attraverso un meccanismo di destorificazione, quindi il cosfimetro come unica realtà rimasta dalla decantazione del matrimonio in quanto cosa, il fasometro come ultima possibilità abilmente sottratta al predominio e alla prepotenza delle cose. Preghiamo allora costantemente e con fervore che i gommisti si occupino di gomme e i fioristi di fiori, che gli architetti spariscano dalla faccia della terra e che la politica non dia più rifugio agli incapaci e agli imbecilli, preghiamo che le cose non si mettano più a posto da sole e intanto, nelle ore buie e al riparo dalla saggezza dei gommisti, passiamo alla destorificazione del presente, seminando in ogni angolo pubblico migliaia di fasometri, sulle panchine, nelle cabine telefoniche, nei cinema, riempiamo le strade e i negozi e le case di fasometri, occupiamo le strade, le caserme e le scuole con i cosfimetri, inauguriamo l'era del fasometro o l'età del cosfimetro, un nuovo universo fasometrocentrico, il fasometrocentrismo come neoumanesimo dell'uomo sopra le cose, dell'uomo-cosfimetro che non si adatta più all'autoaggiustamento delle cose e alla durata delle cose stabilita dalle cose stesse. Grazie ai fasometri onnipresenti potremo controllare e misurare qualsiasi variazione, analizzare le cose non appena si mostrano, al loro apparire, cioè una scrittura istantanea della storia come annientamento della storia, registrare le differenze periodiche e lo svolgimento delle fasi, i fenomeni e le intensità e le direzioni dei fenomeni, ecco l'unica speranza dell'umanità, dimenticare l'amore e abbracciare l'elettrotecnica, scrollarsi il dolore delle passioni e dedicarsi alla libertà dei circuiti alternati. Ognuno, poi, fa quello che crede, c'è chi sublima l'amore e chi sublima i fasometri, chi costruisce copie di famosi monumenti con tappi di bottiglia e chi colleziona autografi di cantanti, ognuno tenta di mettersi al centro del proprio sistema, salvo poi accorgersi di essere al centro del niente e di non avere affatto un sistema in cui mettersi in salvo. La disgrazia è che cerchiamo il centro del sistema prima del sistema e così cadiamo vittime della saggezza popolare dei gommisti e delle sentenze gnomiche dei fioristi cui dobbiamo opporci con i nostri miseri e ridicoli fasometri, opporci alle cose con delle altre cose fino alla fine nostra e delle cose.

7

Le storie che raccontiamo non interessano a nessuno, le storie personali, penso, annoiano e imbarazzano, ce ne serviamo per far terminare in fretta una cena o un incontro, per sottolineare le differenze tra noi e quelli che fingono di ascoltarci, tra quello che pensiamo e tacciamo e quello che pensano e tacciono gli altri, le storie personali sono generi di consumo, preferiamo leggerle sui libri o sui giornali piuttosto che ascoltarle, se raccontiamo storie personali lo facciamo per vanità o per imbarazzo, sempre per una esibizione personale, e alla fine resta solo il disagio di chi ha ascoltato e la vergogna di chi ha raccontato, perché le storie personali sono sempre distruttive al massimo grado, le storie personali non elevano ma abbattono, non edificano ma distruggono, le storie personali sono ruspe impazzite che si accaniscono sulle nostre vite fino a farle crollare, meglio non raccontare mai a nessuno la nostra storia personale perché se cerchiamo comprensione attraverso la nostra storia personale, troviamo invece spavento, se cerchiamo di avvicinarci, provochiamo la fuga, le storie personali ci fanno passare per pazzi e la gente si difende dall'orrore e dalla sconcezza delle storie personali con la mazza ferrata della compassione, con l'autoblindo della compassione, con le bombe termonucleari della compassione. Chi racconta storie personali riconosce ufficialmente l'autorità del dolore, consegna al proprio dolore un abito per tutti i giorni e un vestito per le occasioni speciali, proprio quello che il dolore si aspetta, una dichiarazione di resa al dolore, per assurdo, la rinuncia alla sofferenza e al rinnovo quotidiano della sofferenza per entrare a far parte della confraternita degli eterni addolorati, quelli che non soffrono più perché sono diventati il loro dolore e sono fatti di dolore, sono diventati immobili macigni di carne e dolore e non hanno più l'obbligo morale alla sofferenza, non devono più intervenire sul dolore, dargli giorno per giorno una forma diversa, adattarlo, giustificarlo, sillabarlo, nella confraternita degli addolorati in eterno, il dolore ha invaso ogni spazio e si è impossessato di tutto, e gli eterni addolorati resteranno in eterno degli esterni addolorati, in realtà dispensati dal dolore, condannati a esternare e eternare le loro storie personali per mietere altre vittime e sollecitare altre orribili storie personali, una specie di cannibalismo del cambiamento. Per presentarmi e arrivare lì senza soccombere al dolore, al sodalizio del dolore immutabile che vanifica le possibilità del dolore, devo metter mano ogni giorno al dolore, fare la toilette al dolore, estrarre quotidianamente dal dolore l'idea del dolore e lucidarla come si fa con un soprammobile, con un vaso di vetro, un piatto d'argento, togliere il velo doloroso che ogni giorno si deposita sugli oggetti, spolverare l'idea del dolore e ridare lucentezza al dolore, una semplice operazione di economia domestica e esistenziale per non dare tregua al dolore, per non permettere che il dolore dilaghi fino all'immutabilità e all'irremovibilità, ogni giorno mi oppongo al dilagare del dolore e ogni giorno che passa è un passo avanti verso il mutamento. Anche quando il dolore mi colpisce duramente e di sorpresa mentre sono allo scoperto, io non posso che continuare nell'attività estrattiva del dolore, il dolore mi prende la vista e scatena una danza di spigoli incandescenti davanti e dentro agli occhi, è una lotta furibonda con il demone del dolore, una luminosa epifania del dolore che mi sferza e non riesco a vedere altro che il dolore e la sovrapposizione del dolore alle cose, il dolore che inscena nelle mie orbite un balletto di spilli furiosi, che morde e si attacca alle ossa del cranio, tuttavia resisto e continuo a scavare, a piantare il piccone nelle sue pareti friabili e a riempire più carrelli che posso, è un reciproco esaurimento, un'operazione reciproca di svuotamento che termina tra lenzuola sudate e disfatte, l'esaurimento della storia personale e del dolore della storia personale, un piccolo passo verso il cambiamento o forse l'illusione del cambiamento a partire dalla fatalità delle tare familiari come congenialità del dolore, i difetti di fabbricazione che si perpetuano di generazione in generazione, il dolore, questo tipo di dolore, come insopprimibile tradizione e segno di riconoscimento, il marchio di fabbrica del dolore da cui far emergere, poco alla volta, il cambiamento. Da una parte ci siamo noi e dall'altra il nostro dolore, quello che dobbiamo evitare è il congiungimento tra noi e il nostro dolore in una storia personale, dobbiamo evitare la tentazione di accreditarci presso gli altri con una storia personale che racconta di noi e del nostro dolore e assolutamente dobbiamo evitare che gli altri si accreditino presso di noi con la loro storia personale di loro e del loro dolore, soltanto così possiamo procedere verso il cambiamento, possiamo dimenticare e riacquistare una sensibilità rinnovata, tornare a sentire dopo la lunga anestesia provocata dalla sofferenza. Non è facile, una cosa è togliere la polvere dai soprammobili, un'altra è acquistare dei soprammobili nuovi che si accordino con quelli vecchi e fare in modo che i soprammobili vecchi accettino quelli nuovi, l'arredamento d'interni è una delle cose più difficili e delicate, basta un particolare sbagliato e tutto va in rovina, un tono di colore più acceso e tutto l'universo crolla, allora c'è chi preferisce smantellare radicalmente l'arredo precedente e ricostruire tutto daccapo e chi preferisce aggiungere e sostituire un pezzo alla volta, chi preferisce soffrire con discrezione e chi decide di soffrire in pubblico, così anche il dolore non è altro che un elemento di arredo, lo possiamo sostituire un pezzetto alla volta o possiamo disfarcene brutalmente, i rischi sono gli stessi, sia ad ammazzare il dolore sia a eliminarlo un po' alla volta, sia per i tradizionalisti che per gli avanguardisti del dolore, i rischi sono i medesimi, cioè che il cambiamento produca un nuovo dolore, che, dopo la confusione in cui molti credono di intuire l'aspetto avanguardistico della tradizione e quello tradizionalistico dell'avanguardia, quello che resta non sia altro che una nuova sistemazione del dolore, l'esito fallimentare del cambiamento. E il rischio è tanto maggiore quanto più mostriamo diffidenza verso i cambiamenti, se consideriamo i cambiamenti come compitini per casa da svolgere con diligente menzogna, quello che accade quando ci osserviamo intorno e sentiamo soltanto orribili storie personali e nessuna storia di cambiamenti, quando, di fronte a degli effettivi cambiamenti, facciamo di tutto per convincerci di avere di fronte solo l'ennesima stomachevole storia personale di un cambiamento, la storia personale con l'abito del giorno di festa.

8

Lentamente, tutto si forma con lentezza, tutto ha il tempo necessario per compiersi, prima si prepara e poi si avvia e poi lentamente si compie, nove mesi per nascere, nove mesi per la formazione, il periodo di gestazione, di preparazione alla nascita, presentarsi e arrivare lì preparati, oggi riesco a pensare con infinita dolcezza, perfino gli errori e le parole rabbiose lanciate contro a degli sguardi muti rientrano in questo processo formativo, oggi non teorizzo niente, oggi sono pervaso da una dolcezza sperimentale, da uno strano appagamento che fa galleggiare la mente su nuvole candide, penso con lentezza e i miei gesti accompagnano i pensieri con la stessa lentezza, uno stato d'animo lento, forse la rinuncia definitiva a capire che cosa è successo, la rinuncia all'individuazione dell'epicentro, del punto di origine dell'incrinatura. Da un lato i pensieri veloci che spariscono nel nulla e dall'altro i pensieri lenti che si godono il paesaggio, da un lato la frenesia dei pensieri che tentano di restituire colpo su colpo e dall'altro la calma di altri pensieri che non devono rispondere a nulla, che non hanno nessuna giustificazione apparente, pensieri rotondi e profumati, pensieri di gioia ebefrenica, folgoriti cerebrali prodotte dagli stessi pensieri frenetici che si scaricano sulla sabbia dei pensieri. Disdetto il contratto del telefono, disdetto il contratto di affitto, disdetto il contratto di assicurazione, disdetto l'abbonamento al giornale, disdetto l'abbonamento alla radiotelevisione, disdetto mostra a Zurigo, disdetto viaggio a Zurigo, disdetto appuntamento con agente, i pensieri tornano alla velocità normale e al paesaggio buio, la lentezza è un lusso che non posso più permettermi, mi disdico radicalmente, bisogna presentarsi e arrivare lì con la massima velocità possibile, farla finita, chiudere e addio, dopo, forse, ci sarà il tempo dei pensieri lenti, ci sarà l'opportunità di rallentare, di sostare per un'allegra pisciata marzolina, ora è necessario essere mediocri e tenere il passo dei propri pensieri, non indugiare sulla frana o lasciarsi andare a sensazioni di torbida felicità, finché non sappiamo con chi escono e dove vanno i pensieri, siamo obbligati ad accompagnarli, a qualunque velocità viaggino, a qualunque pericolo ci espongano. Se solo questo rendersi conto potesse viaggiare almeno alla metà della velocità dei pensieri, se solo non avesse questa lentezza insopportabile e tormentosa, io mi sento pronto, ma il mio capacitarmi è ancora esiguo e insufficiente, questo è disperante, questo dà la misura dell'assoluta disperazione del momento, forse dovrei pensare ad un gesto definitivo, un gesto capace di accelerare e di portare il rendersi conto alla stessa velocità dei pensieri che viaggiano in paesaggi avvolti dalla nebbia, un gesto di chiusura finale, appendermi a un albero, preparare un materasso nei pressi del tubo del gas, un gesto per recuperare il ritardo, per rimettere a posto i pensieri e le cose, riuscire ad affiancare la velocità del presentarsi alla velocità del pensiero, pagando con la mia personale estinzione, il pedaggio dell'estinzione, pagare la vita con la vita, la vita creditrice con la vita debitrice. Troppo bello, ancora non sono al punto di poter saldare i crediti con i debiti, non ho ancora necessaria stabilità, in nove mesi nasce un uomo e in novanta milioni di anni dobbiamo ancora rendercene conto, per adesso è meglio continuare a disdettare e contraddire, creare scenari e rinnegarli, far finta di cedere il passo a quelli che si credono più importanti e comunque sempre in diritto e poi all'ultimo momento riprendere la direzione originale e costringere loro a deviare, fingere di cambiare la traiettoria e all'ultimo riprendere la traiettoria di collisione e costringere loro a scendere dal marciapiede o a ficcarsi dentro una pozzanghera, scoprire la gioia della ballodromia, essere ballodromici come i nostri pensieri che corrono velocissimi e vanno a schiantarsi con risparmio di tempo ed energia nel minor tragitto possibile, vedere nel nostro prossimo nient'altro che un bersaglio da mancare o da colpire, sentirci bersagli mancati o colpiti dal nostro prossimo, calarsi in uno scenario di guerra quotidiana salvo disdirlo all'ultimo istante prima dell'impatto, andare in gita in Arcadia e all'improvviso lanciare una dozzina di bombe a mano, costringerci a fulminee diversioni, reazioni e controreazioni, a subire continui contro-ordini. La realtà tende sempre a schiacciarci, si drizza come un mamba nero e ci viene addosso per annientarci e noi sappiamo solo sbarrare gli occhi e tendere le braccia in avanti, un vano esorcismo contro migliaia di tonnellate di realtà che ci arrivano contro, montagne e chilometri cubi di realtà che ci piovono contro, l'unico riparo sul piano del rapporto con la realtà è passare all'adulterio della realtà, alla violazione del legame con la realtà, tradire la vecchia e sdentata realtà con altre realtà virginali, rimpiazzare i muggiti e i barriti della realtà con il canto innocente di altre realtà ancora imballate e fragranti di nuovo, opporre al mortifero tonnellaggio della realtà la leggerezza di mondi inventati, opporre alla tirannia dell'unica realtà possibile, la possibilità di milioni di altre realtà, avviare una fabbrica e una produzione a ciclo continuo di necessità che ci liberino dalle necessità. Pensiamo, sviluppiamo un pensiero, amplifichiamo un'idea fino a portarla agli strati ultimi dell'atmosfera e poi assistiamo all'esplosione dell'idea, al dissolvimento del pensiero, qualsiasi pensiero condotto troppo in alto e per troppo tempo accudito, finisce in mille pezzi, finisce di schianto in mille pezzi e ci resta soltanto un'impressione luminosa sulla retina, l'intuizione che in quel pensiero miseramente perduto c'era qualcosa di buono, che in quell'idea persa all'improvviso nella catastrofe dell'impraticabilità c'era un significato prezioso, una testimonianza concreta contro la cruda impossibilità, forse la speranza o l'intuizione di poter essere diversi da ciò che si è, mentre tutto intorno si spargono i pezzi di quell'idea, mentre seguiamo le scie pirotecniche dell'idea che precipita in una nuova notte. Disdetto il rapporto con la realtà, disdetto il contratto con l'azienda del gas, disdetto collaborazione con gallerista di Roma, disdetto appuntamento con dentista, disdetto il disdicibile, la realtà è composta solo da un appuntamento indisdicibile in tribunale per firmare l'atto di separazione, ora la realtà non pesa più di qualche grammo, fatta da un prossimo presentarsi e arrivare lì e firmare, poi più niente realtà se non il ricordo della realtà, l'involucro e il guscio vuoto della realtà.

9

Alla fine, quando si deve smobilitare e osserviamo la casa e gli oggetti sparsi intorno per la casa, perché da tempo incalcolabile nessuno si è più curato degli oggetti dentro la casa e gli oggetti dentro la casa si sono arrangiati da soli e si sono dati una loro autonoma sistemazione, constatiamo che siamo già fuori da quella casa e da quella unione, che non apparteniamo più a quegli oggetti e gli oggetti non ci appartengono più, i mobili, i quadri, le sedie, noi stessi ci troviamo in una collocazione non voluta e non scelta, ci trattiamo e veniamo trattati da oggetti, la persona che amavamo e che in quel momento stiamo ancora amando ha uno sguardo da oggetto che si è collocato da solo, noi stessi guardiamo a quella persona con uno sguardo da oggetto che si è collocato da solo, così l'imbarazzo si scatena e impone i suoi dialoghi, prendi quello che ti serve, ho detto, prenditi quello che vuoi, non una rinuncia o una concessione, soltanto una constatazione, una confessione di estraneità e di impotenza, in quel momento era lecito a tutti entrare e portare via qualche cosa, tutti erano in diritto di prendersi tutto, ma in queste assurde occasioni le donne si distinguono dagli uomini per lo zelo scientifico, gli uomini perdono la testa e le donne brillano per l'organizzazione, gli uomini si riducono a patetici inservienti e le donne si trasformano in efficienti uffici di coordinamento, così in lei agiva lo zelo scientifico della separazione, un'idea orrenda e ordinatrice di spartizione del bottino, queste sono le donne, senso pratico e seduzione. Mi prendo quello che viene dalla mia famiglia e dai parenti della mia famiglia, così lei, mettendo nelle scatole le tende della cucina e le tende della camera, i piatti e le posate, il ferro da stiro e i sottovasi di plastica, la sua famiglia non ha mai cessato di essere la sua famiglia, quel duo genitoriale a delinquere, quell'impresa di traslochi dall'aspetto amichevole, in realtà la sua famiglia non aveva aspettato altro dal giorno delle nozze e fin dall'inizio aveva cospirato contro di noi, quei due criminali non avevano mai ceduto dall'assurda pretesa della proprietà filiale e me l'avevano giurata per avergli sottratto la figliola, la bambola inerte dei loro squallidi giochi familiari. Io non voglio intromettermi, così la suocera, quella donna furba e odiosa, e intanto soffiava sulla minima scintilla e alzava disgustosi polveroni nella testa confusa della figlia, io non voglio intromettermi, e per tutto il tempo non ha fatto altro che ficcare il naso nella nostra vita, non passava giorno che non portasse il segno della sua continua ingerenza, dei suoi ridicoli lamenti e delle sue sciocche storielle, senza pausa eravamo perseguitati dalle chiacchiere del suo spaventoso egoismo, quella donna odiosa e furba, che funzionava come un'agenzia di collocamento dell'infelicità, aveva anche l'ardire di chiamarci i suoi bambini, quella piccina contabile delle nostre esistenze, i suoi bambini, solo l'idea che volesse sostituirsi a mia madre mi rivoltava lo stomaco, mia madre che amo e che è una persona che mi ha sempre rispettato, figuriamoci se tu puoi prendere il posto di mia madre , non hai né l'intelligenza, né la statura, né la generosità, né la bellezza, mia madre è un esempio per l'umanità, tu sei soltanto una ridicola controfigura della paura della morte. Per tutto il matrimonio non ha fatto altro che ficcare il naso e intromettersi nella nostra famiglia e alla fine ci è riuscita, ha avuto di ritorno la sua bambina, ha riportato la povera inerme di nuovo nel suo ottuso recinto domestico ed è tornata a godersela, a smembrala secondo i suoi desideri frustrati, a farle ancora violenza con la sua vita furba e inutile, scaltra e insignificante, quel metro e mezzo di ottusa femminilità e di cecità materna, frutto a sua volta di chissà quali incontenibili devastazioni, ha fatto il peggio che potesse fare, è stata programmata per agire nel peggiore dei modi possibili, ancora prima delle nozze ha spaventato a morte la figlia, le ha presentato i figli come la più grande delle disgrazie, le ha imbottito la testa delle sua aspirazioni mancate e alla fine se l'è ripresa, un pezzo alla volta è riuscita a riportarsela a casa, lei, l'ottusa montanara e i suoi orribili maglioni che ci confezionava per continuare a perseguitarci, per starci addosso e indosso, ignobili maglioni per i suoi bambini, bare di lana in cui seppellirci insieme alla sua perversa idea di famiglia. Mai ha pensato a farsi da parte, mai un momento ha saputo farsi da parte, aspettava solo il momento più propizio per calare la scure, lei e il suo complice l'hanno portata via come predoni notturni, quella comparsa paterna misera e incapace, quell'uomo rozzo e asociale, troppo vigliacco per non essere geloso della figlia e furente con me, l'elemento estraneo alla combriccola, alla loro famiglia, la loro idea di famiglia come cripta dove non hanno mancato di provare a trascinarmi, e più resistevo, cercando di ignorarli o ricacciandoli nel profondo della loro tana, più si infuriavano e decuplicavano gli sforzi e la produzione di maglioni, loro, erano loro gli elementi estranei, i pazzi da internare e rinchiudere, e mia moglie è sempre stata in loro potere, non è mai riuscita a sottrarsi alle loro mani nefaste, lei si sentiva libera e in grado di scegliere, ma in realtà la tenevano saldamente per i capelli, si illudeva di essere libera e doveva illudersi per non soccombere. Così nella sua mostruosa prigionia si era creata uno spazio di finto affrancamento, un piccolo deposito dove mettere le poche cose veramente sue, all'insaputa dei due banditi e all'insaputa di se stessa, in ogni modo sempre in complicità con i due criminali che mi hanno fatto fuori senza battere ciglio, che non hanno voluto intromettersi perché erano già intromessi prima ancora del mio arrivo, e lei aveva costruito questo piccolo magazzino di sopravvivenza, troppo piccolo per ospitare la possibilità di una nuova famiglia, da una parte cercava di scappare e dall'altra sapeva di non avere possibilità di fuga, troppo esiguo lo spazio della sua vita, troppo angusto lo spazio a disposizione, e i due banditi hanno fatto presto a scardinare le porte del piccolo magazzino, a razziare le poche cose accumulate con fatica, finalmente i banditi hanno calato la maschera e hanno mostrato il loro vero volto di banditi. Esistono i pensieri odiosi, ma l'odio non è capace di costruire pensieri, i pensieri di odio e i pensieri di amore non esistono, esiste l'odio ed esiste l'amore, è possibile odiare ed è possibile amare, non è possibile pensare di odiare e pensare di amare, questo è odio dell'odio e amore dell'amore, come tutto quello che ho pensato finora non è altro che ricordo del ricordo, dove non si percepisce altro che immagini di immagini, la visione aberrante di due specchi contrapposti, una rappresentazione, falsa come ogni rappresentazione, di una rappresentazione, che è poi questo abbandono.

10

Il passato è gomma appiccicosa che si attacca sulle capsule e sui ponti, sulle otturazioni e sulle protesi, in ogni caso il passato si attacca sulle manomissioni e sui quotidiani sabotaggi che noi operiamo su di esso, il passato si appiccica e tenta di staccare i denti posticci che esibiamo in sorrisi indifferenti nei secoli dei secoli della nostra vita, il passato si accanisce sui denti falsi e i falsi ricordi, se rimuginiamo e mastichiamo il passato, alla fine restano soltanto i monconi del presente, i frammenti di quello che eravamo e che siamo, miseri spezzoni di autenticità, il passato rende orribili i nostri sorrisi. Cerchiamo di spronarci e di infonderci coraggio di fronte al passato, ma il passato ci esamina con disprezzo e ci esanima senza pietà, il passato ci succhia fuori l'anima, ci strappa le forze e ci getta verso il futuro dall'automobile in corsa del presente, e noi rotoliamo come fragili manichini, rotoliamo e andiamo in mille pezzi per via del vuoto interiore, della vasta e enorme cavità lasciata dal passato dove prima scorrevano fiumi sotterranei, dove cresceva una natura meravigliosa e innocente, rotoliamo verso il futuro con la goffa durezza dei corpi inanimati, ci presentiamo e arriviamo al futuro sempre in condizioni disastrose, prossimi alla disgregazione in minimi pezzi, un presentarsi che aggela ogni pensiero e cancella ogni traccia e ricordo precedenti. Ci sono giornate nel cuore dell'inverno in cui si sente nell'aria un disperante tepore primaverile, l'assalto profumato del calicanto che per qualche momento è il profumo del mondo, di tutta la terra e la vita, sono giornate che inquietano, dove si ha la netta sensazione di un avvicinamento impensabile, come se la nostra piena e completa felicità fosse quasi per realizzarsi, una sensazione di pienezza e di esaltazione, quasi una sovrapposizione tra esistito e esistente, giornate dove per qualche momento, avvertiamo la promessa di una continuità tra l'inizio e la fine, l'origine e la destinazione, forse un sentimento di addio che nasce dalle cose, rimane per qualche momento sospeso nell'aria e ritorna nelle cose, un universale sentimento di partecipazione che ci salva per qualche momento dal continuo e disgregante rotolare su noi stessi, poi il profumo svanisce, ritorna il gelo e l'inverno e riprendiamo la nostra corsa e il nostro rotolare inanimato. Torniamo allo stato della separazione, allo stato naturale della separazione, l'essere separati è la nostra più vera e autentica sostanza, la condizione umana per eccellenza, il pensiero è separazione, la nascita è separazione, lo sguardo è separazione, la comprensione avviene attraverso il distacco e la separazione, tutto in noi è allontanamento e tutte le nostre azioni e i nostri sforzi sono volti al ricongiungimento, tutto rientra in un universale meccanismo di attrazione che ha alla base il principio di separazione, prima la separazione e quindi l'attrazione, tutta la nostra vita è finalizzata al distacco dalla vita, la nostra vita si regge sul fatto che dobbiamo separarci dalla nostra vita, la separazione dunque è fondante, è l'unica realtà su cui possiamo appoggiare con assoluta sicurezza i piedi, il passato è separazione, il presente è separazione, il futuro è separazione. I pensieri che ci salvano ci separano dai pensieri che ci perdono, i pensieri belli ci separano dai pensieri brutti, in fondo, i pensieri ci separano da altri pensieri e, ancora più in fondo, pensare ci separa dal pensare, comunque è un processo continuo di distoglimento, l'impossibilità di ancorarsi ai fatti e di attenersi ai fatti, l'impossibilità di basarsi sui fatti, ma che cosa sono i fatti? Se penso alla mia storia come a una catena di fatti e posso pensare la mia storia solo in quanto serie di fatti, in realtà non riesco a individuare alcun fatto, non si delinea nessun singolo fatto, se non una somma confusa di azioni, di situazioni, di comportamenti, di circostanze che potrebbero essere altrettanti fatti rispetto alla conseguenza finale esaminata come fatto e presa in considerazione come fatto, voglio dire che la catena di fatti è talmente fitta da non permettere di risalire ai fatti oppure che il rimando da un fatto all'altro, da una conseguenza all'altra è infinito e dunque rende inutile ogni analisi e ogni considerazione sui fatti e sulla storia. L'effetto è dato da una causa che a sua volta è un effetto di un'altra causa che è ancora effetto di un'altra causa che è effetto di e avanti così fino al punto in cui non si distingue più causa ed effetto, fino a che causa ed effetto coincidono, e allora cosa dobbiamo pensare se non che sono i fatti a produrre i fatti e i fatti a negare i fatti? Se ricerchiamo le cause, non facciamo altro che ricercare gli effetti e se ricerchiamo gli effetti, non facciamo altro che ricercare le cause, fino alla constatazione dell'inesistenza delle cause e dell'inesistenza degli effetti, a questo ci porta il tentativo di inchiodare gli effetti alle cause, di individuare le ragioni dei fatti, arriviamo alla dogana della follia dove ci dobbiamo spogliare in vista di una perquisizione radicale e distruttiva, dove siamo messi di fronte alla nostra nuda e totale estraneità ai fatti, all'impossibilità di isolarli e di capirli, perché siamo oggettivamente ostaggi dei fatti e nelle mani dei fatti e la nostra è soltanto una tragica ostinazione esegetica del nulla, cercare una scrittura bianca su fogli bianchi. Rotoliamo, disgregandoci pezzo a pezzo verso il futuro e, in considerazione di questi fatti, alla luce di questi fatti, possiamo affermare di non essere mai esistiti, che la nostra storia è una catena di invenzioni e una serie giustapposta di follie che di razionale ha soltanto la disposizione orizzontale del nostro rotolare e quella verticale del nostro pensiero, pretendiamo di indagare e di analizzare i fatti con la segreta speranza di individuare le cause, ma non abbiamo mai sufficiente immaginazione e sufficiente capacità di andare a fondo, questo è un fatto naturale e un principio fisico, un corpo immerso in un fluido riceve una spinta dal basso verso l'alto pari al peso del fluido spostato, noi ci tuffiamo nei fatti e i fatti ci respingono con una forza uguale e contraria, la nostra azione dall'alto verso il basso viene vanificata da un'azione opposta dal basso verso l'alto, questa è idrostatica, è la legge idrostatica che governa i fatti e il passato, il resto sono fantasie per il divertimento dei clienti del barbiere, vasi di fiori dipinti con la bocca da poveri mutilati, vane lamentele per l'aumento del prezzo dei tabacchi.

11

Presentarsi, arrivare lì per quello che deve essere, arrivare lì con un'andatura precisa e rettilinea, con il passo frettoloso e insopportabile e idiota di quelli che si danno sempre una meta, di quelli che si alzano al mattino con un universo da riassettare e riordinare, di quelli che non vedono l'ora che spunti l'alba del nuovo giorno per poter rificcarsi nell'armadio delle incombenze, per rituffarsi nell'indaffaraggine decerebrata, arrivare lì diritto e preciso all'ultimo appuntamento, a sbrigare le ultime pratiche e siglare una piccola apocalisse interiore, l'ultimo appuntamento con quello che è stato e da cui è impossibile difendersi, almeno disponessimo di qualche meccanismo di difesa naturale, ma anche in questo siamo inferiori agli animali e agli insetti, tutto quello che ci serve a proteggerci lo dobbiamo inventare e costruire, come se al progredire storico dell'intelligenza si accompagni fatalmente il regresso della sopravvivenza, certo adesso le prospettive di vita generali sono molto più lunghe rispetto all'ominide, ma le nostre sono prospettive tenute in vita artificialmente e legate a sempre più complessi macchinari, a generazioni di farmaci che accompagnano generazioni di uomini, a nuovi strumenti e tecniche di chirurgia, nuove armi e nuove invenzioni, mentre le prospettive di vita dell'ominide, più corte, erano comunque prospettive naturali legate a meccanismi naturali, l'irsutismo, le gambe agili e robuste, la mascella enorme, sarebbe a dire che ciò che appartiene alla natura o è vicino alla natura, viene generosamente beneficato dalla natura, viene provvisto di efficaci meccanismi naturali, mentre più ci si allontana dalla natura e si progredisce nell'intelligenza, più si diventa fragili e sguarniti di meccanismi di difesa naturale, perciò dobbiamo ricorrere a sempre nuovi meccanismi artificiali, a complicate soluzioni esterne che in qualche modo compensino il deficit naturale. Tanatosi e aposematismo, ci basterebbero soltanto questi due meccanismi, questi formidabili sistemi difensivi di cui sono dotati tanti insignificanti insetti, simulare perfettamente la morte in caso in pericolo, stecchirsi all'improvviso e restare inerti per delle ore, oppure proteggersi con disgustose secrezioni ghiandolari, arrivare lì e cadere fulminati davanti al tribunale oppure allontanare tutti con un odore insopportabile o ancora sputare il veleno accecante del cobra, cambiare la trama e il colore della pelle, buttare millenni di adattamento intellettuale e tornare nella Neanderthal, non è detto che questo non possa succedere, un giorno o l'altro succede di sicuro, ma intanto ognuno deve assumersi la responsabilità della direzione che percorre, ognuno deve sapere con assoluta precisione dove sta andando e avere subito pronta la risposta nell'attimo stesso in cui se lo chiede o glielo chiedono, ognuno deve sapere che i passi a disposizione sono già pianificati e calcolati, che l'ordine di servizio deve essere rispettato e la consegna eseguita, qualunque ordine e qualunque consegna abbia ricevuti. Nessuna trasgressione alla direzione e alla quantità di passi prestabilita verrà tollerata, questo dobbiamo saperlo, militiamo nella vita e la vita è assoluta militarizzazione dello spazio, c'è poco da fare i furbi o i finti tonti, dobbiamo assoggettarci integralmente a un globale ordine di servizio, vestire una divisa interiore che ci renda ciechi al dovere e dunque liberi, perfetti nella nostra traiettoria e geometricamente ineludibili, questo è probabilmente l'ultimo meccanismo di difesa naturale a nostra disposizione, fare del pensiero una disciplina tecnico-artistica di sopravvivenza, militarizzare il pensiero e tornare con fierezza alla solitudine, raggiungere la morte apparente del pensiero, la tanatosi del pensiero o proteggerci secernendo dalla grande ghiandola cerebrale pensieri insopportabili e disgustosi, pensieri che allontanino i pericoli e le minacce, pensieri che mettano in fuga gli ultimi appuntamenti e il carico di ricordi e di immagini, i vagoni e i convogli esistenziali degli ultimi appuntamenti. Temiamo la solitudine, consideriamo la solitudine come il massimo dei mali e non ci accorgiamo che le nostre unioni sono unioni di solitudini, crediamo di scampare alla nostra solitudine unendoci con un'altra persona e non facciamo altro che sommare la nostra solitudine alla solitudine di quella persona, ecco la coppia, la solitudine dell'uno più la solitudine dell'altro, ecco la famiglia, la solitudine del padre, la solitudine della madre, la solitudine dei figli, la solitudine dei fratelli e la solitudine delle sorelle, e questo lo sanno bene soltanto i nonni, la coppia di solitudini e la famiglia di solitudini, l'unico scampo è comunque o nella famiglia di solitudini o nella solitudine individuale, quelli che si ritrovano nella coppia di solitudini, quelli che sono coppia e che si sentono coppia e che si rifugiano nell'idiozia della complementarietà, sono perduti e irrecuperabili, per loro non c'è più niente da fare, diventano complementari a un sistema fasullo, complementari alle piastrelle del bagno e alla pentola a pressione, complementari al bucato e all'arrosto di tacchino, complementari a un sistema chiuso che li porta al soffocamento e allo spegnimento, spegnersi l'uno nell'altro, ecco la coppia e il risultato della coppia, e il mondo è pieno di questi idioti complementari che vestono maglioni uguali, che leggono gli stessi libri, che vanno in moto con i caschi uguali, il mondo trabocca di coppie assassine e criminali che mettono al mondo figli come estrema difesa all'insostenibile somma di solitudini, figli che restano figli della coppia che rimane coppia e non diventa mai famiglia, e che cos'è mai la famiglia se non assoluta coscienza della solitudine, la presa d'atto collettiva della solitudine, l'affettuosa ammissione della solitudine? So bene quello che dico, perché provengo dalla coppia e dalla catastrofe della coppia, sono uno scampato e un alluvionato della coppia, un terremotato e un sopravvissuto della coppia, questa orribile zuppa di singolarità malmesse, questa cretina ostinazione alla compatibilità, alla fusione cellulare, chi pretende di sciogliersi in un altro è un criminale e un autolesionista, la coppia come correzione del suicidio, un aggiustamento parziale del suicidio che porta all'annientamento in vita. Meglio allora tornare alla nostra solitudine, a danzare la nostra apocalisse solitaria, obbedendo ai passi che ci sono stati ordinati e alle limpide geometrie del destino.

12

Arrivare o non arrivare, arrivare e insieme non arrivare oppure non arrivare arrivando insieme, non arrivare e arrivare, niente amiamo di più che giocare con le parole quando abbiamo a che fare con i cambiamenti, quando i cambiamenti ci attendono come cani inferociti dietro alla porta, cani feroci fuori di casa, e quindi il nostro sforzo è giusto, il nostro sforzo di opporci e di ostacolare con tutte le forze disponibili questi feroci cambiamenti, a costo di morire, a costo di morire assurdamente a causa della paura di morire che ci impone di stare alla larga dai cambiamenti, li sento che ringhiano e graffiano la porta, che tentano di infilare i musi bestiali e terribili attraverso le fessure, poi ci sono quelli che dicono, la maggior parte dell'umanità dice, che i cambiamenti sono necessari alla vita, che la nostra sopravvivenza è necessariamente legata ai cambiamenti e alla necessità dei cambiamenti, vivificazione attraverso il cambiamento, senza mai pensare che il cambiamento è strutturale e continuo, che i cambiamenti che noi operiamo o che subiamo sono sovratrasformazioni illusorie, noi operiamo cambiamenti sui cambiamenti, i cambiamenti nel grande universale Cambiamento, piccoli sputi nel mare, i nostri cambiamenti artificiali che non sono mai cambiamenti strutturali, soltanto ombre di cambiamenti, illusioni di cambiamenti, apparenze di cambiamenti. I veri cambiamenti sono operazioni colossali che richiedono forze colossali e sforzi colossali, solo la natura ha a disposizione forze colossali e opera cambiamenti colossali, allagamenti, frane, eruzioni, tifoni, grandinate e gelate, a noi rimane soltanto lo spazio degli intervalli tra il giorno e la notte, il sonno e la veglia, noi possiamo dominare solo per i brevi attimi della sospensione, siamo i dominatori della pausa, i profittatori della sospensione, tanto più pericolosi quanto più coscienti, tutta la storia, tutta la comicità della storia è davanti a noi a dimostrarlo. Passo intere ore in ascolto degli impercettibili scricchiolii dei colossali cambiamenti universali, la terra che cambia di un millesimo di grado il suo asse di rotazione, l'orbita lunare che si allunga di un milionesimo di centimetro, una stella che esplode agli estremi confini di una galassia estrema, gli universali fenomeni riempitivi, che vengono a colmare le misure dello spazio e del tempo, che stravolgono le abituali dimensioni, ecco, producono dei rumori lievi e delicati, quanto più un fenomeno è vasto tanto più il suo svolgersi è prossimo al silenzio, inavvertibile e leggero, e così l'opposto, l'enorme fragore di uno schianto automobilistico, l'orripilante sonoro di due agenti di commercio che litigano per un parcheggio, le piccolezze producono rumori devastanti, più una cosa è insignificante e più produce rumore, il fragore del nulla, dell'assolutamente irrisorio e relativo, come l'assordamento imbecille e insulso dei giornali, fatti da gente imbecille e insulsa che meriterebbe anni di colonia penale, questi editorialisti infernali che credono di sapere cosa pensi la gente, questa gente infernale che legge questi editorialisti infernali, gli editorialisti peggiorano la gente e la gente peggiora gli editorialisti, e tutti i giornalisti che si odiano e si uccidono tra di loro nella folle e infernale gara per diventare a loro volta degli editorialisti, tutti che credono di sapere e scrivono dei cambiamenti, tutti che credono di sentire e scrivono dei cambiamenti, ma non sono altro che vanitosi manichini senza il minimo talento artistico, grigi omuncoli decerebrati che celebrano l'immondizia del mondo, cialtroni e ruffiani che raccontano di cialtronate e ruffianerie, peggio di tutti poi quelli che scrivono in maniera brillante, gli organizzatori del pensiero, appena usciti da una gioventù bavosa e oppressa e che subito si lanciano contro i moribondi, le penne brillanti, le cosiddette coscienze critiche, hanno ancora la tristezza del germoglio e gonfiano le loro penne come fusti di querce millenarie, schizzano veleno come crotali in cambio di uno stipendio mai sognato, e scrivono di tutto e di tutti, passano per fini osservatori, il loro veleno e il loro odio per l'umanità vengono scambiati per acutezza, la loro rabbia bastarda per perspicacia, il loro triste ingegno rancoroso per sofferenza intellettuale, ma nessuno di loro riesce a sentire qualcosa, nessuno di questi è in grado di capire una sola virgola di quello che essi stessi scrivono, sono tutti pretesti, giochi di frenopatici, demenze da dementi, spaventose unghiate che sferrano contro la porta che non si apre, contro la casa che non li accoglie, contro il padrone che non li ama. Ho paura che il mio dolore si plachi, che se ne vada via così come è arrivato, mi è inconcepibile ormai un'esistenza priva, e quindi svuotata, della sofferenza, ho paura, in verità, che il dolore se ne sia già andato, ma non da ieri o da una settimana o da qualche mese, piuttosto da anni e da decenni, che in realtà io abbia soltanto giocato con i vestiti del papà del dolore, con le enormi scarpe del papà del dolore e ora non ho nient'altro da mettere, nessun pretesto per uscire di casa e neanche più la forza per fendere l'aria che si è fatta pesantissima, per attraversare l'atmosfera che è spessa come un sipario di ferro, eppure non siamo altro che dolore, non respiriamo altro che dolore, siamo percorsi e attraversati da chilometri di tubature dove scorre il dolore, usciamo di casa e non vediamo altro che la sofferenza dei caseggiati sferzati dalla pioggia, non sentiamo altro che i lamenti metallici dell'asfalto, la profonda nudità' del nostro sguardo che non trova appigli, che scivola sullo specchio del dolore, il paesaggio mummificato e incellofanato da vendere al metro cubo o al metro quadro. Riusciamo a scampare al nostro piccolo dolore individuale, alla particolare sofferenza legata alla nostra vita e sprofondiamo poi nel dolore urbanizzato, ci licenziamo dall'autonoma imprenditoria del dolore e veniamo subito assunti come operai nella grande fabbrica del dolore, relegati a soffrire collettivamente, a riscaldarci la punta delle dita presso gli altiforni del dolore comune. Torturati in casa e torturati fuori di casa, torturati in casa dai giornali e dagli editorialisti che ci portiamo da fuori casa e torturati fuori di casa dal mondo completamente diverso che vediamo rispetto al mondo che abbiamo letto negli articoli dei giornalisti e degli editorialisti, torturati in casa dalla televisione e dagli editorialisti che imperversano anche nei programmi della televisione, tormentati e torturati dalle femmine giornaliste che pongono domande intelligenti e scosciate, che porgono commenti e scollature, abbondanza di petti e descrizioni agghiaccianti, torturati senza scampo dall'idiozia d'oltreoceano che ha ormai sostituito con il nulla il già nulla del nostro passato, tormentati dai notiziari e dai telegiornali, dalla finta tradizione paesana fintamente recuperata da falsi presentatori in falsi paesaggi di falsa campagna, perseguitati e corrosi e annebbiati, barcolliamo e ci trasciniamo sui pavimenti di legno o di ceramiche delle nostre case o sull'asfalto dei marciapiedi, ormai vaghiamo senza scampo, senza la possibilità di replicare con qualche colpo, senza più reagire, senza sussulti di dignità, di orgoglio, di libertà. Gli editorialisti ci succhiano la speranza sperando di diventare direttori, i giornalisti ci spingono al cinismo sperando di diventare editorialisti, i direttori si spendono come campioni di equilibrio per passare alla dittatura politica, per meglio vendersi al potentato economico e tutti fanno carriera sui cadaveri di tutti, come in un romanzo di quarta classe per piazzisti di orologi a cucù dove conta solo il denaro e il potere, dove il mondo è davvero un romanzo di quarta classe, ma solo per colpa dei direttori e dei corsivisti, questi idioti a scala planetaria, questi roditori di cervelli, rinnegati e ballerini che meriterebbero di essere squartati, impiccati, fucilati, ghigliottinati e bruciati vivi. Intanto noi viviamo innocui e con la folle sensazione di essere al sicuro dentro le nostre casette di cemento, dentro i nostri metri cubi di disperazione, viviamo a decine di metri dal suolo, dormiamo e mangiamo e andiamo di corpo a parecchi metri di altezza, siamo spaventati, abbiamo perso il contatto con la terra, la sensazione del suolo autentico, la conoscenza della crosta terrestre, viviamo in questi loculi e calpestiamo un suolo sterile e duro, una crosta gelida e vetrificata, rinchiusi in uno spazio misero di misera articolazione, tante stanzette e fenditure da scarafaggi, una stanzetta per cucinare e mangiare, una stanzetta per dormire, il salotto dove subiamo gli articoli e gli editoriali, il terrificante soggiorno che è un vero e proprio soggiorno obbligato, il salotto delle torture dove furoreggia il televisore e la fauna immonda della televisione, ed è chiaro che in questa povera composizione di spazi non potremo mai migliorare, l'umanità non ha nessuna possibilità di progredire, rinchiusa e ingabbiata in uno spazio che è a malapena una traduzione fisiologica dei bisogni. Le nostre case ci garantiscono dai cambiamenti, i costruttori e gli architetti sono soltanto al servizio del mercato e del commercio, della speculazione e del guadagno al pari dei direttori e degli editorialisti, servi del peggio e garanti del peggio, gli architetti hanno cristallizzato e inchiodato l'umanità alle sue funzioni, imprigionando la gente e comprimendola dentro spazi dove è assolutamente impensabile praticare il pensiero, ingegnarsi in qualche cosa, elevare la propria condizione dal piatto livello delle necessità quotidiane, gli architetti e i costruttori hanno rovinato la Società e continuano a rovinarla, si riempiono la bocca di termini come qualità urbana, razionalità, criteri insediativi, partecipano a convegni sull'idea di Città, sulla rilocalizzazione delle attività, sulla retorica del frammento e poi continuano a progettare e costruire cimiteri dell'anima, spazi ignobili dove mettere dentro la loro ignobile concezione del mondo e intanto il dolore aumenta, il dolore diventa buio e si estende come un cielo di pioggia che assorbe ogni riflesso e ci schiaccia contro le pareti e i pavimenti dei nostri anfratti di cemento, a decine di metri da terra, affastellati uno sull'altro come bidoni di intelligenza, confezioni di dolore, scatolette di carne, pacchi di inutili pensieri.

13

Arrivare e presentarsi lì, che cos'è arrivare e che cos'è presentarsi, é stato finora un raccontare per sopravvivere, un modo di dire, ecco, esattamente un modo di dire, sono felice e sono infelice, tutti modi di dire, sono esausto e sono soddisfatto, modi di dire, soltanto modi di dire, viviamo e ci agitiamo dentro un mondo di modi di dire, mentre diciamo, mentre ci rompiamo la testa per esprimere qualcosa di vero, di autentico, di veramente originale, in realtà stiamo solo cercando un modo di dire, ti voglio bene, un altro modo di dire, siamo condannati a esprimerci per modi di dire e quello che diciamo, cadendo nello sconforto per la mancanza di autenticità e di verità, é soltanto il nostro modo di essere oscuramente, che non corrisponde ad alcun altro modo. Crediamo nell'universalità dei modi di dire e allo stesso tempo soffriamo per la mancanza di originalità, siamo felici quando, infine, troviamo un modo di dire unico, nostro ed esclusivo, e subito dopo soffriamo come cani senza padrone per l'insopportabile solitudine di questo nostro modo di dire. Niente rende più distanti gli uomini che un repertorio comune di modi di essere e di sentire, é proprio questa comunanza, comunione, comunicazione che rende stranieri gli uomini gli uni agli altri, la comunicabilità genera l'incomunicabilità: sto bene, sto abbastanza bene, non c'é male, questo é il repertorio delle risposte che diamo a chi ci importuna per strada, modi di dire che rispondono ad altri modi di dire, forse i modi di dire nascono da un'esigenza di difesa, dal bisogno di difendersi dalla reiterazione quotidiana, dall'esigenza di scampare alla ripetitività della natura naturale e della natura umana, una fuga dalle abitudini garantita e possibile grazie alla sublimazione della comunicazione, il modo di dire come modo di sopravvivere, di rendere sopportabile la fatica delle relazioni quotidiane, così abbiamo creato un mondo parallelo e ospitale fondato sui modi di dire, una persona ti dice che ti ama ed é un modo di dire, una persona ti dice che non ti ama più ed é un altro modo di dire, in verità noi non abbiamo mai a che fare con delle persone ma con i loro modi di dire e le persone non hanno mai a che fare con noi, ma con i nostri modi di dire, è tutto un gioco sulla difensiva, sullo spostamento dell'essere al dire, una stupida questione di modalità. Tutti conosciamo perfettamente i modi di dire e con quelli attacchiamo e ci difendiamo, fingiamo di uscire allo scoperto con il nostro generoso modo di dire, ci esponiamo, per così dire, con il nostro modo di dire e cerchiamo di guadagnarci la simpatia e la stima degli altri che a loro volta cercano la nostra stima attraverso i modi di dire e in questo turbinare di espressioni deformi e parole aberranti arriviamo anche ad illuderci di entrare nelle intenzioni degli altri, nella mente del nostro prossimo, ma fortunatamente questo non é possibile, i modi di dire sono una difesa formidabile e insormontabile, basta sapere che esistono e di conseguenza servirsene, perché ci sono quelli che si fissano sui modi di dire e vengono schiacciati dai loro modi di dire e dai modi di dire degli altri, mentre i modi di dire sono macchine di assoluta precisione, sono meccanismi perfetti per creare vicinanze e lontananze, perciò bisogna essere assolutamente coscienti che stiamo usando dei modi di dire, altrimenti i modi di dire si impossessano di noi e dei nostri modi di dire, e una volta caduti preda dei modi di dire non é più possibile sottrarsene, non é più possibile provare dei sentimenti autentici, sentire la gioia, provare la compassione, incendiarsi di rabbia, consumarsi di invidia. Gli schiavi dei modi di dire, coloro che usano inavvertitamente e senza coscienza i modi di dire, sono persone terrificanti, uomini che hanno perso ogni regola etica e vivono in un mondo appiattito dove tutto é modo di dire come modo di nulla, modi di dire niente, riflessi sui vetri delle vetrine, spazzatura a lato della strada, vivono, lavorano, amano e muoiono per modo di dire, figliano, si ammalano, si vestono, si uccidono per modo di dire, nessuno viene risparmiato dall'epidemia mortale del modo di dire, loro e noi, noi e loro loro e noi, ci illudiamo di salvarci creando delle contrapposizioni formali, ma loro sono noi e noi siamo loro, e tutti siamo condannati a dare il nostro piccolo contributo al niente, chi per hobby, chi per dovere, chi per destino. Ho amato, ho condiviso pensieri e parole, ho cercato di dare il meglio di me stesso e invece mi sono aggrovigliato su me stesso come un ulivo millenario, anziché svilupparmi verso l'alto, anziché crescere in altezza per catturare più luce, il mio corpo ha girato più volte su se stesso, si é deformato, attorcigliato, si é piegato sotto i tremendi sforzi dei modi di dire passati sotto silenzio come modi di essere, ecco la straordinaria potenza dei modi di dire, se non si presta attenzione riescono a trasformare i cipressi in ulivi, i pini in semafori, gli uomini in vetrine di uomini. Non più umanità, ma vetrinistica dell'umanità, questo mi è venuto in mente ieri mattina mentre camminavo sui vialetti del parco, vetrinistica umana come arte di disporre i propri pensieri e sentimenti allo scopo di attrarre il numero più alto possibile di persone, il modo di dire come espressione e formula principe della vetrinistica umana, disciplina per fingersi in migliaia di esistenze e modi di esistere, per ingannare e sedurre possibilmente e compatibilmente il mondo intero, così ragionavo sui vialetti quasi sommersi dall'acqua che filtrava dalla ghiaia, in fondo non siamo altro che sciocchi e vanesi vetrinisti che preparano e addobbano le proprie vetrine allo scopo di fingere con se stessi e con gli altri, uomini-vetrinisti che allestiscono allegorie e false allegorie della propria vita, vetrinisti che si avvitano sui modi di dire e smarriscono la strada, diventano prigionieri della propria vetrina e non riescono più ad uscirne, così ragionavo, scansando pozzanghere vaste come laghi e sfiorando panchine ormai marcite e graffiate di nomi ruggini e scritte orribili, pezzi di panchina divelti e gettati nell'erba fradicia, da un lato le condizioni di questo parco in rovina e dall'altro il vetrinismo che affligge l'occidente, in qualche modo troviamo sempre una corrispondenza esteriore ai nostri pensieri, la profonda rovina in cui versa questo parco e il vetrinismo occidentale, tutto si ricollega e si ricompone, lo centrifughiamo, lo affettiamo, lo polverizziamo e lo nebulizziamo e poi non possiamo far altro che assistere impotenti alla sua ri-compattazione, ri-composizione, ri-aggregazione. In principio non era il caos, ma l'ordine e tutto tende a tornare ordine e all'ordine, malgrado i nostri sforzi e le nostre fatiche, per modo di dire.

14

Mi chiedo, anzi, penso e mi chiedo se è possibile salvare qualcosa del passato, mi domando intorno alla sostanza dei ricordi, a cosa servono i ricordi, se non altro a quale funzione o compito soddisfino, a queste domande non si sa cosa rispondere, sono domande tipiche di chi non sa come impiegare la giornata, questo almeno pensa la maggior parte della gente, gente che preferisce impiegare la giornata e poi la vita intera a osservare i cantieri aperti sulle strade, spesso mi fermo a guardare la gente che si ferma ad osservare i cantieri aperti sulle strade, questi curiosi, tutti con le braccia dietro la schiena e il collo allungato in avanti per vedere la profondità della buca del cantiere e gli operai che vi lavorano, e certamente tutti con la segreta speranza di un cedimento improvviso del terreno, di un'esplosione, di un rinvenimento raccapricciante. A parte i vecchi, che però dovrebbero praticare più l'arte del ricordo che la sorveglianza dei lavori stradali, il resto sono imbecilli di passaggio che scrutano senza il segno di alcun lavorio interiore gli uomini con i martelli pneumatici, i movimenti della ruspa, i mucchi di sabbia e le tubature da sostituire. Voglio dire, capisco i vecchi che osservano pensierosi e preoccupati le voragini delle opere stradali, essendo prossimi alla tomba è del tutto logico per i vecchi dare una sbirciata alla loro prossima sistemazione, ma non riesco a sopportare le generazioni di mezzo, l'orribile mezza età che con quell'aria cretina si sofferma sui crateri stradali con la stessa morbosa curiosità con cui si ferma a osservare sadicamente un incidente di macchina o un cadavere steso sull'asfalto e coperto da un lenzuolo. La gente che si incontra per strada non è mai gente che si chiede se è possibile salvare qualcosa del passato, lo si vede benissimo dallo sguardo beota e impudente che ci rivolge contro, la gente che cammina per strada, anche quella indaffarata e che va di fretta, non si chiede nulla di tutto questo, mai si vedrà uno di questi fermarsi all'improvviso e guardare il cielo o un albero, semmai li vedremo tutti infallibilmente fermare il proprio passo solo in occasione di una buca di un cantiere stradale o di un pedone massacrato da un camion. Come sono inattaccabili dal dubbio, resistenti a qualsiasi pensiero che possa minimamente mettere a repentaglio l'attuale corso della loro esistenza, così mostrano una straordinaria resistenza al passato, una straordinaria refrattarietà al passato, anzi, proprio sprezzando il passato e in spregio del passato, si costruiscono piccoli musei a domicilio, si dotano di ricchi armamentari oggettuali, album di fotografie, raccoglitori di fotografie, scatole di documenti e fotografie, pettini, fazzoletti, portachiavi e trofei di viaggio, di conquiste, titoli di studio e di professione, e tutti costoro non fanno altro che uccidere il loro passato e negarlo nell'ansia stupida e museale di far rivivere il passato attraverso bigliettini e portachiavi, pensano di salvaguardarsi e garantirsi dai mali futuri attraverso la museificazione del passato e invece si preparano i mali futuri con le proprie mani, con gli album di fotografie, le boccette vuote dei profumi, i fasci di lettere e i conti ingialliti delle trattorie. Non ho mai sopportato questa mortale romanticheria del passato, a intervalli di quattro anni faccio regolarmente piazza pulita, e tutti i trofei, i portachiavi, la corrispondenza accumulata finisce in un sacco di plastica e di lì nel ventre di un camion e di lì alla discarica, il posto giusto del passato, l'unico posto dove il passato non ci può nuocere, dove quel passato, non è assolutamente più in grado di tormentarci. Il passato tenta sempre di riprenderci e di contaminarci e noi, da stupidi, accumuliamo oggetti e documenti perché esso possa svolgere al meglio il suo infame compito di contaminarci e distruggerci, in realtà noi siamo sempre in lotta con il passato e quando ci chiedono se abbiamo salvato qualcosa del nostro passato, per onestà dovremo rispondere tutto, perché in verità come il passato tenta in ogni momento di riafferarci, così noi accumuliamo in ogni momento il più possibile di questo passato, in altre parole quello che veramente ci perde e ci rende perduti è il timore di perdere la paura del passato. Dobbiamo sottrarci ad ogni costo al passato, allontanarcene il più possibile anche se il prezzo da pagare è quello di ripetere mille volte gli stessi errori, andare mille volte in rovina per colpa del medesimo errore e sprofondare definitivamente. Io guardo indietro al mio passato e non vedo altro che una sequela di errori, una ridicola catena di errori, uno dietro l'altro con un risultato immensamente comico, una sequenza continua di errori madornali, di calcoli errati, di progetti sconsiderati, ma a ben guardare il passato di tutti è un errore continuo e colossale, l'erroneo passato, tanto più colossale e spaventevole nella misura in cui uno vuole andarci a leggere i tesori dell'esperienza, già l'esperienza, così utile a metterci al riparo dagli errori quanto un portachiavi o una torre Eiffel di plastica con un termometro appicciato sopra. Anche se l'esperienza potesse realmente salvarci dagli errori, è matematico che noi subito inventeremmo un altro tipo di esperienza garante degli errori perché noi amiamo in sommo grado sbagliare, tutta la nostra umana libertà, il cosiddetto libero arbitrio, in altro non consiste che la libertà di sbagliare per mille volte la medesima cosa senza che vi sia assolutamente nulla di diabolico. Grazie agli errori abbiamo la misura della continuità tra il passato e il presente, l'esperienza limita i danni irrisori e cause sciagure titaniche, perché un presente retto sull'esperienza del passato e sugli errori del passato non è un presente ma un altro passato, una forma del passato che agisce nel presente e lo fissa, ne paralizza la memoria e la capacità di ricordare. Bisogna essere il più possibile lontani dal passato per aver memoria del passato, l'esperienza ci avvicina dannatamente al passato e quando crediamo ai falsi splendori dell'esperienza, crediamo anche di poter fare a meno tanto dei ricordi quanto della memoria, basta l'esperienza, pensiamo, e ci illudiamo di vivere in modo corretto, grazie al miracolo dell'esperienza che invece lentamente ci avvelena il sangue e ci rende sempre più reticenti, diffidenti e muti. Tanto, privi di esperienza e a rischio altissimo di errori, siamo disponibili e affettuosi verso gli altri, quanto, carichi di esperienza e al riparo assoluto dagli errori, siamo sprezzanti e duri, soffocati da un modo corretto e ormai incorreggibile. Questa è la tragedia del nostro mondo, non capire che l'errore è possibilità e l'esperienza è una bara e come non è igienico rinchiudere i viventi in una bara così non si devono rinchiudere gli errori nei mausolei dell'esperienza, bisognerebbe abbattere i musei e i mausolei dell'esperienza e sostituirli con nuovi laboratori sperimentali per lo studio degli errori, strutture scientifiche e universitarie per l'analisi e la verifica degli errori. Gli istituti scolastici, così come sono ora, sono soltanto i morti mausolei della morta esperienza, lì non si verifica nulla e i giovani non hanno modo di sbagliare in nulla perché anche i loro errori sono preordinati e quindi i giovani sbagliano per il dovere e la necessità e non per la libertà di sbagliare, invece dovremmo trasformare le istituzioni scolastiche in laboratori di apprendimento e di studio dell'errore, pensiamo che gli errori siano tanti e di diverso genere e di diverso esito ma in realtà abbiamo a che fare con un solo e unico tipo di errore che è il classico e banale errore di calcolo. Tutto si riconduce al calcolo e tutto non è altro che un errore di calcolo, questione di cifre e di numeri, dunque errore di misura , di superficie, di peso, di massa, di quantità, l'errore non può prescindere dalla materia e il resto è soltanto opinione, chiacchiera, questione di stile che non ha alcuna importanza. Salvare gli errori del passato e buttare la testa di pesce dell'esperienza, lucidare e oliare i propri errori ogni giorno, maneggiarli con accortezza perché sono armi terribili e tutto quello che ci può salvare, ci può anche perdere e annientare, sia sul nudo pavimento degli errori che sul soffice materasso dell'esperienza.

15

Fisso la parete di fronte, il mio sguardo si conficca dentro i mattoni, il mio sguardo è duro e il muro è soffice, morbido, i miei occhi sono coni appuntiti, geometrie solide di ferro che rompono i mattoni e il cemento, sgretolano l'intonaco e più fisso la parete più il muro cede e si segna di crepe orizzontali e verticali, è una sensazione vertiginosa, simile all'affondamento o alla caduta, qualcosa di spaventoso e che in qualche modo devo cercare di interrompere, forse aggiungendovi dell'altro come il pensiero di un non ritorno oppure agire radicalmente, aumentando l'intensità dello sguardo e provocando il crollo definitivo e totale della parete, insomma arrivare presto a una conclusione e a una qualsiasi conclusione pur di spezzare o deviare il pensiero ossessivo che mi sta trascinando nell'abisso, serve a questo punto uno scarto improvviso, un imprevisto, uno scarto dalla linea invisibile che parte dagli occhi e arriva contro il muro, operare una deviazione, una ribellione, un deciso ammutinamento per sottrarsi al pensiero ossessivo e spaventoso che fa tremare i muri oppure mettersi a gridare, concentrare tutte le forze su una sillaba e spararla come una cannonata, appendersi a quella sillaba e tenervisi aggrappati con tutte le forze finché il pensiero ossessivo non svapori e ritorni nel buio della mente. Fisso la parete, continuo a fissare la parete e mentre sta cedendo immagino che sull'altro lato della parete vi sia qualcuno che fissa la parete sul medesimo punto che io sto fissando, ovvero due forze uguali e contrarie che intervengono e si scaricano sul medesimo punto, si elidono, si annullano, e così riesco a salvarmi, la mia casa è salva, i vicini sono salvi, i bambini dei vicini sono salvi, la via e il quartiere sono salvi, la città e la provincia, la regione e il paese sono salvi, il continente e il pianeta, la galassia e l'universo, tutto è salvo, miracolosamente salvo. Ogni giorno, ogni istante di ogni giorno l'intero universo è messo a rischio da un tale che si mette a fissare un punto della parete che ha di fronte a se e all'ultimo momento, proprio quando l'intero universo sembra perduto e distrutto e tutto sta per cedere e i mattoni si sbriciolano e l'acciaio si snerva, qualcun altro dall'altra parte del muro si mette a fissare il punto opposto e corrispondente, riuscendo ad annullare la distruzione con una forza uguale e contraria. Chi ha intenzione di scrivere un saggio sulla simmetria deve partire dal fondamento imprescindibile che il nostro universo si regge solo grazie alla simmetria, prima che infinito il nostro universo è simmetrico ed è attraverso la disciplina della simmetria che abbiamo la possibilità di addomesticare lo spazio gelido e vuoto dell'universo, viceversa se partiamo dal concetto di infinità, considerato come il solo fondamento imprescindibile dell'universo, avremo come risultato l'annullamento dell'universo stesso, nessuna specularità di rapporti, soltanto lo spazio angusto dei nostri pensieri, uno spazio di funzione e di dimensione, privo di un centro di simmetria, incapace di cogliere le giuste corrispondenze. Scrivere un saggio sulla simmetria dell'universo non è la stessa cosa che scrivere un saggio sull'infinità dell'universo, se non si affronta la simmetria non si può affrontare l'infinità e se si affronta l'infinità poi non si hanno più le forze per affrontare la simmetria perché ci vogliono forze sovrumane per affrontare l'infinità e pochi di quelli che hanno avuto la sfrontatezza di affrontare l'infinito hanno conservato intatte le loro menti, prima la simmetria e poi l'infinità, se occorre, prima sviluppare un metodo per affrontare la simmetria e poi, all'occorrenza, giungere al senza fine, utilizzando gli appunti e le conoscenze derivate dallo studio della simmetria. Cercare di seguire con il massimo ordine questi appunti, anzi, redigere un vero e proprio piano che possa salvarci dall'infinità e dall'universo, salvando anche l'infinità e l'universo, perché la cosa drammatica è che qualsiasi studio sull'infinità e l'universo o uccide l'infinità oppure uccide l'autore e allora occorre muoversi con enorme cautela, fingere di dedicarsi a un lavoro antropologico ma in realtà svolgere un lavoro di cosmologia scientifica e matematica, soprattutto non bisogna dire a nessuno che si sta lavorando all'infinità e negare sempre e con tutti che si sta lavorando sopra l'universo, altrimenti scatta immediato l'ostracismo, altrimenti si viene immediatamente isolati e segnati a dito, marchiati come criminali e braccati come evasi da un carcere di massima sicurezza, se si vuole praticare lo studio dell'infinità e dell'universo a partire dagli appunti e dal piano ricavato dallo studio della simmetria, bisogna per forza mascherarsi, mascherare lo studio sull'infinità come una debolezza scusabilmente umana, in qualche modo mascherare la ricerca sull'infinità in modo accettabile agli occhi della generale tolleranza perbenista, servirsi di pretesti che poi sono la realtà dell'idea, cioè presentare la realtà dell'idea come circostanza curiosa, debolezza comprensibile, piccolo vizio che la comunità è in grado di tollerare senza tormento. Partire senza dubbio dal concetto di singolarità e di pluralità, propriamente i volti dell'umanità, milioni di volti ognuno diverso dall'altro, ecco uno dei tant i enigmi naturali, al pari della regolarità dei tramonti e delle albe, delle rivoluzioni orbitali e dei moti celesti, prendere appunti, penso adesso, sul volto del fiorista, gli occhi vicini del fiorista, a partire da un'indagine sulla struttura simmetrica del volto del barista tracciare una geografia dell'infinito singolare, annotare il profilo del conducente di autobus, le pinne del naso e la convessità del bulbo oculare, le labbra della portinaia, confrontare le labbra della portinaia con quelle del barista, le mani del barista con quelle del conducente di autobus e analizzare la diversità nell'ordine dei millimetri, analizzare la singolarità, la pluralità e l'infinità, annotare le somiglianze e le similitudini possibili, assimilare tutto e nasconderlo, mistificare il sistema di sezionamento dell'infinito, il processo di scorporo universale nella banalizzazione di un metodo intelligente per passare il tempo. Sto leggendo degli appunti che non ho mai preso, penso, ma il punto cruciale, è l'inserimento del contesto organico nella struttura dimensionale dell'universo, voglio dire, io guardo la parete, inizio a fissare la parete e non riesco più a staccare lo sguardo, non padroneggio più e non controllo più il mio sguardo, penso che è soltanto una questione di simmetria, una questione certamente non risolta di simmetria. Nel mio stesso sguardo, lo sguardo privo di controllo, è contenuto un principio di infinità relativa, rette parallele che si incontrano all'infinito, penso, un infinito che non può esserci per lo stesso motivo per cui non ci può essere una convergenza infinita, e tutto questo sento che sta per provocare il cedimento della parete, il crollo dei grandi sistemi infiniti, simmetrici e universali. Tutte queste facce diverse una dall'altra sono in realtà spaventose, questo dilettantismo artistico ribonucleico che si diverte a fare della pluralità singolarità, è qualcosa di inaccettabile e mostruoso, la singolarità come garanzia di verità e di bontà è roba che appartiene a una visione artigianale e superata del mondo, il pezzo singolo, l'individuo lavorato a mano, appartiene a un mondo ormai anacronistico, l'umanità è anacronistica, è ormai il prodotto terrificante di un millenario fai da te biologico, così questa permanenza anacronistica di milioni di pezzi e di individui fatti a mano non può che far sorridere e irritare in un mondo dove tutto è seriale e riproducibile e rifacibile, dove tutto si riconduce a un'unica matrice, tutte queste facce diverse una dall'altra non hanno niente a che fare in un mondo di oggetti tutti uguali e ripetibili all'infinito, la diversità infinita dei soggetti e l'uguaglianza infinita degli oggetti provocano ogni giorno guerre e tormenti, o l'una o l'altra, o uomini con gli stessi volti in un mondo di oggetti tutti uguali o uomini con volti diversi in un mondo di oggetti singolarmente irripetibili, perché poi non c'è alternativa nemmeno fuori dal paesaggio cosiddetto industrializzato, nemmeno nel cosiddetto contesto naturale, dove i pini sono tutti uguali come pentole, i pitosfori sono tutti uguali come penne biro, i lombrichi sono tutti uguali come vocabolari, i porcospini sono tutti uguali come frigoriferi, comunque e in ogni ambiente sia naturale che artificiale dobbiamo subire il disagio di una faccia in originale unico, di una maldestra singolarità, e pagare le conseguenze di una bottega genetica artigianale in ritardo di secoli sulla nostra sensibilità industrializzata. Il crollo della parete, la parete che è sempre di fronte, ma adesso smetto di pensare.

16

Così, salendo le scale fino a casa ho evitato di contare i gradini, i soliti quaranta gradini, questa volta non conto i gradini, ho pensato, questa volta non mi va di contare i gradini di queste scale, questa volta devo sottrarmi a questi gradini, e ho salito le scale in disordine, a uno, a due, a tre gradini la volta, concentrandomi per non contare i gradini e sforzandomi di non contare i gradini, eppure al primo piano sapevo con assoluta precisione di aver salito diciotto gradini e poi con la prima rampa verso il secondo piano i gradini erano ventiquattro e con la seconda rampa verso il secondo piano i gradini erano trentasei, così più salivo le scale sforzandomi di non contare i gradini, più sapevo con precisione il numero di gradini saliti e il numero di gradini da salire, quanti superati e quanti percorsi, penso che per me il conteggio dei gradini è qualcosa di incontrollabile, è come il battito del cuore, come respirare, davvero se riuscissi a non contare i gradini, se potessi fermare il conteggio e il calcolo dei gradini, allora potrei anche smettere di respirare, bloccare il battito del cuore, comandare tutte le funzioni involontarie, ovvero non conterei più i gradini e il mio cuore cesserebbe di battere, non conterei più i gradini e non riuscirei più a respirare. Contare i gradini è per me un processo involontario e vitale cui non posso sottrarmi, qualcosa di assolutamente indispensabile al funzionamento dell'organismo, un caposaldo fisiologico , e non solo contare i gradini ma contare tutto, i passi, i lampioni di cemento, i cestini dei rifiuti, le finestre delle case, i ciclisti, i negozi e i tombini, contare e numerare tutto come criterio di sopravvivenza, involontaria volontà di sopravvivenza, una profonda fede nei quaranta gradini, nelle trentacinque panchine, ottantanove negozi, centouno tombini, una fede nei numeri, penso, ancora insufficiente e fragile se basata soltanto sul calcolo ozioso della quantità, sulla curiosità statistica, mentre rivelatrice e apocalittica se intesa come disciplina ed esercizio, come fede normativa e organizzatrice del numero dopo numero, del movimento geometrico, passo dopo passo, gradino dopo gradino, tombino dopo tombino. Ogni gradino, ho pensato mentre salivo le luride scale del tribunale, ogni gradino e ogni passo che ci lasciamo alle spalle non sono altro altro che ribellioni fallite, ogni conteggio e ogni calcolo sono soltanto ribellioni abortite, in assoluto nei nostri movimenti, nel nostro andare, che sia salire o scendere lungo una scala o camminare lungo un viale, c'è qualcosa di violento e distruttivo, procediamo da una distruzione verso un'altra distruzione, abbiamo alle spalle le macerie di una distruzione e ci avviamo verso le premesse di un'altra distruzione, crediamo di contare i passi e i gradini ma in realtà non facciamo altro che ascoltare e contare i battiti cardiaci, quelli già andati e quelli futuri, tutti battiti di distruzione, respiri distruttivi che non possiamo fermare, così pensavo mentre salivo le luride scale del tribunale, pensavo ai giorni distruttivi della distruttiva unione coniugale. Stavo già per cedere e andarmene, scendere quelle scale e quei gradini e andare incontro alla distruzione o salire quelle scale e quei gradini e andare incontro a un'altra distruzione, stavo effettivamente per cedere, ero in una situazione spaventosa e provavo lo stesso terrore che mi coglie di fronte alle immagini di Cornelius Escher, quel grafico dalle idee malsane così lontano dall'arte come un caimano dalla pratica del bridge, Escher, lo stupratore della simmetria, il virtuosista astereometrico, sacerdote dell'illusione ottica, adesso per giunta millantato come grande matematico, e su quelle scale, in preda alla massima paura di tutto, mi è venuta in mente la saletta del dentista dove mia madre conduceva me e mio fratello, la saletta del dentista tappezzata di orribili riproduzioni di Escher, ricordo quella delle mani che sorgono dal foglio e si disegnano, si autodisegnano, e io e mio fratello che osserviamo in silenzio e pieni di paura quelle mani mentre si disegnano, sulla parete quelle mani orribili che si disegnano e oltre la parete il rumore del trapano e i sordi contorcimenti di un paziente, da un lato il mondo orripilante di Escher e dall'altro il mondo terrificante dei trapani e del dolore più infame, spigoli e punte, sputi e mostriciattoli. Così, in queste condizioni, ho percorso l'ultima lurida rampa di scale del tribunale, una scala di quel grafico illustratore satanista che oggi i critici deficienti celebrano e lodano, una scala che porta verso il basso mentre si sale e viceversa che porta verso l'alto mentre si scende, noi alziamo i piedi per montare sopra i gradini, ma in realtà anche non alzando i piedi continuiamo a scivolare e procedere, verso l'alto o verso il basso, in preda a un dondolio che è poi la vera situazione in cui ci troviamo, una situazione interiore e noi che saliamo o scendiamo lungo i gradini senza nemmeno muovere le gambe per arrivare ed essere all'altezza di questa vera situazione, collocarci al piano giusto della situazione, guadagnare la stessa altezza della situazione. Prima di tutto c'è la situazione e quindi il nostro adattamento alla situazione, la nostra modifica rispetto a uno stato di fatto continuamente sfuggente, difficilmente siamo noi a creare le situazioni, nella maggior parte dei casi abbiamo a che fare con situazioni preconfezionate in cui dobbiamo calarci dentro raggiungendo profondità spesso mortali, nella maggior parte dei casi siamo messi in situazioni cui dobbiamo adattarci e assogettarci, situazioni sempre difficili e insostenibili, situazioni sempre al limite dove non riusciamo mai a cogliere la complessità degli elementi da cui sono scaturite e che le hanno prodotte, situazioni dove facciamo sempre la figura degli imbecilli, dove più ci agitiamo e cerchiamo di essere all'altezza giusta, più le situazioni si ingarbugliano e lievitano, arrivano ad altitudini impraticabili e irraggiungibili. Tutte le situazioni sono sempre delle situazioni critiche, tutte le situazioni, per il fatto di essere delle situazioni, sono situazioni spiacevoli, anche quelle definite ottimali, o perfette, sono in realtà situazioni assurde e senza scampo, davvero, quando si verifica una situazione si capisce immediatamente che da quella situazione non c'è via di uscita, è la condizione primaria di ogni situazione, l'implicito di ogni situazione, così penso, cerchiamo di afferrare e dominare le situazioni solo per empatia verso l'ineffabile, obbedendo, per così dire ad un principio di affinità che ci fa confidare in forze che non abbiamo, che ci illude e ci conduce alla rovina, perché noi non abbiamo nessuna presa concreta sulle situazioni, nessun potere, nessuna possibilità di controllo. Molti si creano così delle sovrasituazioni, situazioni di comodo, situazioni-rifugio, per godersi una tranquillità che presto si rivela letale, il godimento di una situazione di abbandono, il godimento della famiglia, del fallimento, del paesaggio, godimenti che consumano le ultime risorse per alimentare la menzogna. Siamo davanti a un giudice, firmiamo il fallimento del tentativo coniugale ma in realtà stiamo pensando ad altro, stiamo sempre pensando ad altro.

17

Indubbiamente qualcosa si è concluso, non saprei, non so, forse una fase, forse un ciclo, qualcosa di intero, spesso mi chiedo e mi sorprendo a chiedermi a cosa sto pensando, io non penso in continuazione e solo quando penso mi chiedo a cosa sto pensando e mi sorprendo, mi creo la sorpresa di chiedermi a cosa sto pensando proprio perché non penso in continuazione, in realtà quando mi chiedo a cosa sto pensando, non sto pensando proprio a niente. E' curioso, penso, quando ci chiediamo o ci chiedono a cosa stiamo pensando, nella totalità dei casi non stiamo pensando proprio a niente, è come se il pensiero del niente, l'assenza di qualsiasi pensiero, si segnalasse subito e inconfondibilmente sui nostri volti, come se una certa espressione del viso significasse e tradisse il pensiero del niente, può darsi sia una certa luce negli occhi, un'ingannatrice fissità di sguardo, perché, al contrario, la fissità lascerebbe supporre uno stato di concentrazione e la presenza di un pensiero, ma in realtà siamo sospesi e senza pensieri, spensierati come cadaveri, e la domanda a cosa stiamo pensando, che ci poniamo o che ci pongono, è solo un esorcismo, un tentativo di rianimazione per ricostringerci al pensiero e ricondurci alla vita. Qualcosa si è concluso, una fase, un processo, un capitolo, una questione, qualcosa è arrivato al capolinea, adesso dovrei pensare al bilancio di tutta la vicenda, alla compilazione delle migliaia di voci che hanno concorso a formarla e svilupparla, ma non mi sembra affatto questa la priorità o una delle priorità, anzi, ho sempre aborrito l'ansia e l'affanno del mettere ordine, la precipitazione a togliere subito una macchia dalla camicia senza darle il tempo necessario perché si espanda, scenda in profondità e raggiunga un definitivo stadio di sviluppo, perché questo abbiamo subito la tentazione di fare, rompiamo qualcosa e subito nella più insensata urgenza dobbiamo rimuovere i pezzi e nasconderli, sporchiamo qualcosa e subito dobbiamo pulire, cancellare, negare il fatto, perdiamo una cosa e subito dobbiamo sostituirla, come se dovessimo a tutti i costi ricostituire lo stato precedente, ripristinare il falso idillio, come se la condizione precedente fosse assurdamente una condizione assoluta senza un'altra condizione che l'ha preceduta. E' lo spavento dell'ignoto, l'umanità è succube da millenni dello spavento dell'ignoto e questo la porta a falsificare e semplificare dove invece sarebbe meglio riflettere e non pensare, darsi un intervallo di assoluta assenza proprio per riflettere con la massima lucidità, contemplando i cocci, le macerie, le miserie, e invece no, si corre a mettere ordine, a semplificare, si ricorre spudoratamente alle ricostruzioni fittizie, ai falsi storici, si riavviano fasi e momenti ormai morti e calcificati come se nulla fosse, si riverniciano storie e processi ormai mummificati e li si rimette in sesto, li si raddrizza a costo di storpiarsi definitivamente il cervello e la coscienza. Una fase si è conclusa e inevitabilmente ne inizia una di nuova, nella fine della prima vi sono già le premesse genetiche della seconda, e noi, invece di approfittare del momento di latenza, dell'intervallo del subentro per sospendere ogni pensiero e vedere lucidamente i meccanismi che muovono la realtà, sprechiamo tutto nell'ansia di sostituire, di rimettere a posto, di semplificare, così ci presentiamo di spalle alla nuova fase che si apre, ci troviamo per l'ennesima volta sprovvisti e disarmati perché il nuovo si apre alle nostre spalle e il vecchio si è appena chiuso alle nostre spalle e noi, oltre a perdere le infinite possibilità di azione che si potrebbero operare nell'istante del subentro, perdiamo anche le enormi opportunità della nuova fase che si avvia e quando ce ne accorgiamo e finalmente ci giriamo, abbiamo a che fare di nuovo con una fase prossima al termine e che si sta concludendo, allora concentriamo tutte le energie ancora su una fase morente e in via di spegnimento e ancora una volta voltiamo le spalle a una nuova fase colma di possibilità, quando il pensiero si forma è sempre troppo tardi, troppo tardi perché la sua formulazione serva a qualche cosa, appena esteriorizzato è un pensiero già vecchio e inadeguato, rivolto al passato, alla fase che si è già conclusa, sempre un pensiero dell'attimo dopo, legato al rimpianto dell'attimo prima. Mi chiedo a cosa sto pensando nel momento in cui non penso a nulla, questa è una pura questione di ritmo, è la sola possibilità che io conosca di far coincidere i tempi del pensiero e i tempi dell'estrinsecazione del pensiero, chiedermi a cosa sto pensando mentre non penso nulla è la sola coincidenza tra struttura del pensiero e comunicazione del pensiero, la sola possibilità di esprimere l'attualità della nostra mente, per il resto sono tutte goffe improvvisazioni, prossimità che per quanto prossime sono ai confini dell'universo, ombre di volontà, comunichiamo, ma in realtà non offriamo nulla di comune, se non l'anacronismo delle nostre parole, partecipiamo le nostre parole ma in realtà i nostri pensieri si sono già dissolti, pensieri e parole sono sempre separati, se comunichiamo, comunichiamo separazione, tutto parte da uno stato di separazione e quando comunichiamo non facciamo che ribadire questo stato di separazione, inconsapevoli mettiamo l'accento sulla separazione, tutto il mondo si regge sulla separazione, a partire dalle recinzioni delle aiuole che separano le aiuole, separazione come barriera e protezione, le pareti delle case separano le case, tutto si regge sul rapporto interno-esterno, dunque tutto si regge sulla separazione, ma questi sono discorsi che non interessano nessuno, sono le bravate degli intellettuali che amano ridurre tutto a misura del proprio numero di scarpe, gli intellettuali che amano definirsi intellettuali e che riempiono insulsi convegni dove l'intelligenza è trattata peggio che alle sfilate di moda, gente che usa il cervello come lo scopino del cesso e che non ha la più pallida idea sui concetti di comunione e comunicazione, incapaci a pensare e incapaci a non pensare, derelitti celebrati da altrettanti derelitti, gente che confonde gli universali con le universiadi, mentre tutto procede a partire dalla separazione costoro sono ancora inchiodati, inchiodati in eterno, ai marci seggiolini dei loro putridi convegni, mentre tutto si separa e si dissolve questi discutono di etica e di pubblico soccorso, mentre migliaia di fasi si chiudono e migliaia di cicli si aprono, questi nettano i cessi diurni delle loro coscienze con i loro striminziti cervelli-scopini, mentre tutto si avvia alla separazione, mentre tutto è separazione, assenza di pensiero, sospensione assoluta.

18

Ogni giorno dobbiamo inventarci una meta, fissare degli obiettivi, e ogni giorno dobbiamo scacciare il pensiero di doverci inventare una meta e fissare degli obiettivi, se si considera la cosa con la dovuta attenzione, sarebbe a dire con l'attenzione che le si deve, questo processo si può definire una specie di rimpiattino ontologico dove la vita si nasconde a noi e noi ci nascondiamo alla vita anche se poi accade spesso che sia noi che la vita finiamo a nasconderci nel medesimo luogo e la vita trasale di paura di fronte a noi e noi trasaliamo di paura di fronte alla vita. L'unico a trarne soddisfazione è il tempo, il tempo che comunque se ne trascorre, indifferente ma brutale, brutale ma indifferente, il tempo che comunque se ne va e trascina noi, la vita e i nostri scopi calcolati e inventati giorno per giorno, fatica dopo fatica. Oggi, osservando dalla finestra un soldato americano, uno di quegli enormi paracadutisti negri in tuta mimetica, che stava sul balcone fissando sul parapetto del balcone con le enormi mani il montante di un'antenna parabolica, il pensiero che ho avuto è stato quello di rimanere per tutto il tempo, volontariamente, ad osservare il militare in tuta mimetica mentre montava l'antenna parabolica, ecco la scopo di questa giornata, mi sono detto con una certa contentezza, questa giornata è dedicata all'osservazione del militare negro che monta la parabolica sul parapetto in ferro della sua terrazza, la finalità di questo giorno, finalità mia individuale ma anche universale e di tutta l'umanità, la finalità di questo giorno consiste nell'osservazione attenta e minuziosa del paracadutista americano mentre monta l'antenna parabolica e, mentre formulavo questo pensiero, mi sono accorto che altre decine di persone, chi al balcone, chi alla finestra del bagno, chi di passaggio sulla strada sottostante, si erano fermate e stavano osservando il militare negro e le operazioni di montaggio della parabolica. Questo giorno si fisserà nella storia dell'umanità come il giorno in cui il militare negro ha fissato il fusto della parabolica al parapetto in ferro del proprio terrazzo, ho pensato, e contemporaneamente questo giorno si fisserà nella mia storia individuale dell'umanità come il giorno in cui sono rimasto ad osservare il paracadutista negro mentre montava la parabolica nel suo balcone, così a questo pensiero se ne è immediatamente accostato un altro, dal militare negro e dall'osservazione del militare negro è scattato un passaggio ulteriore, per meglio dire, una sorta di complicazione e di contorcimento, cioè noi ci buttiamo a capofitto alla ricerca di una meta o di uno scopo e in questo sbagliamo completamente e radicalmente, quando ci buttiamo alla disperata ricerca di uno scopo siamo inevitabilmente condannati al fallimento e forse la disperata ricerca dello scopo nasconde il desiderio volontario del piacere del fallimento, in qualche modo una coazione o una pulsione al fallimento, che è pur sempre un luogo di approdo, un dove terribile con qualcuno comunque che ci aspetta a terra per afferrare le gomene e bloccarci, in realtà i giorni e la vita divengono molto più facili se spostiamo l'attenzione e l'ansia della ricerca non in assoluto verso lo scopo o primariamente verso lo scopo, bensì verso il pretesto, trasformando poi, successivamente, il pretesto in scopo. Il mondo, la città, la società, la collettività, sono tanto poveri di scopi e di propositi quanto inesauribili di pretesti, di giustificazioni, di contingenze che, se trattati con intelligenza e con qualche dose di pazienza, fanno presto a trasformarsi in scopi e obiettivi da raggiungere. Trasformato in pretesto, il mio scopo di oggi di osservare per tutto il tempo e la massima attenzione il militare paracadutista negro americano che monta il fusto dell'antenna parabolica sul parapetto in ferro del suo terrazzo, mi ha portato a un ulteriore passaggio, alla complicazione di cui dicevo prima, complicazione e contorcimento come valori aggiunti, e con molta naturalità, la naturalità tipica dei passaggi logici e razionali, mi sono immediatamente prefissato di organizzare la mia giornata applicandomi nell'imitazione del pavone, adesso, mi sono detto dopo aver assunto a pretesto il militare negro, il balcone, il parapetto e l'antenna parabolica, adesso la logica e naturale conseguenza non può essere altro che spendere la giornata cercando di imitare in tutto e per tutto il pavone, Pavo cristatus, il verso nevrotico e ripugnante del pavone, il ciuffo cervicale del pavone, il volo pesante, l'enorme e smodata cattiveria, oggi, mi sono detto, devo cercare di assomigliare il più possibile a un pavone, questo è lo scopo desunto dal pretesto, la radice di ogni fare poetico, la deduzione poetica che nasce dai pretesti e si trasforma in poesia, oggi farò in modo di assomigliare e di essere ragionevolmente un Pavo cristatus, la poesia trasforma i pretesti in scopi e io mi trasformo in un pavone, trasformo il falso scopo svelato a pretesto del paracadutista negro nella poetica imitazione del pavone, il surrealismo non c'entra niente, nella mia casa e nella mia mente non trovano asilo le libere associazioni e niente mi ripugna di più del surrealismo, io mi muovo per passaggi assolutamente logici, per dimostrazioni geometriche, ed entro sera probabilmente sarò arrivato a un perfettissimo grado di imitazione del pavone, sarò il più grande imitatore di pavoni mai comparso sulla terra e mi chiameranno dappertutto per sentire il verso stridulo e per vedere il volo appesantito del Pavo cristatus, mi specializzerò poi nell'imitazione del pavone del Congo e della pavoncella eurasiatica, le folle cadranno in delirio assistendo alla mia imitazione dell'Afropavo congensis, mi muovo e mi aggiro per le stanze con la tipica meccanicità dei gallinacei, emettendo strida sempre più acute che rimbombano tra le pareti e mi provocano un forte bruciore alla gola, tra non molto sarò in grado di imitare anche il pavone bianco, si tratta solo di studiare e di mettere a punto un piccolo congegno per ruotare verticalmente il piumaggio e arriverò al punto in cui tra me e un pavone non ci sarò più alcuna differenza, impossibili a distinguersi, arriverò perfino al punto di nutrirmi dei germogli e degli insetti di cui si nutre il pavone, così, per grazia di un paracadutista negro osservato in un giorno nato senza scopo. La poesia si muove per trame misteriose, nasce dai pretesti, per questo è mortalmente pericolosa e capace di aberranti metamorfosi, poesia e magia hanno le loro formule, formule devastanti, può essere il militare negro o il ragazzino delle Bolle di sapone di Manet, puri pretesti che adattati e adeguati a scopi e obiettivi da raggiungere poi si mutano in mortali strumenti di c#ostrizione, in aggeggi di tortura che straziano lo spirito, eccomi pavone seguendo l'impulso poetico del pretesto, eccomi ancora e peggio di prima, imitazione cosciente di un gallinaceo, Pavo cristatus che sta scivolando in pavor nocturnus, e tutti i bei discorsi e tutti i bei discorsi di prima, quelli sì che funzionano da scopo e da pretesto, è l'atteggiamento funzionale il solo atteggiamento che paga gli interessi e risana i debiti, l'arte per l'arte, il parlare per parlare, il giocare per giocare, non i pavoni, non i paracadutisti negri, non la promessa di felicità che nasce dal caso, e intanto anche questo giorno è passato, lasciando soltanto una gola arrossata e un sentimento di ripugnanza per i pavoni e la poesia.

19

Il problema, qual'è il problema mi chiedo, ma non riesco a continuare, i pensieri mi sfuggono e ricado nel torpore, mi rendo conto che è difficile andare avanti in queste condizioni, il problema che devo analizzare e risolvere è questo, dico, ma non appena inizio ad analizzare il problema non so più che cosa devo analizzare e qual'è il problema, allora mi lascio andare sulla poltrona o mi trascino fino alla stanza che ho adibito alla pittura dove da mesi o anni rimane interrotta l'opera della donna gravida, un quadro promettente, un soggetto che subito mi aveva riempito di entusiasmo e che ora non riesco più a guardare e non riesco più a vedere perché ho un problema che mi copre la vista e non riesco a risolvere, guardo la figura della donna gravida seduta su una sedia, con le braccia che pendono verso il pavimento ma non sento alcuna ragione di continuare, guardo la grande macchia bruna dell'ombelico ma il pensiero del problema mi allontana, in un solo pomeriggio ho fatto tutto questo, penso, e poi ho interrotto, mi sono interrotto, non ho più fatto niente e non ho più dipinto, guardo intorno per la stanza della pittura, non c'è più niente, solo l'interruzione di questa donna gravida, il mio agente si è portato via tutto da mesi e prima telefonava quasi ogni giorno per avere dei nuovi quadri, per commissionarmi dei nuovi ritratti, ora non lo vedo più, cancellato anche lui da questo problema che devo analizzare e non riesco ad analizzare, questo problema che mi insegue dovunque, che mi sta addosso come un angelo, il mio problema custode, l'ultima volta al telefono il mio agente mi ha chiesto se ero impazzito, quel buffone grasso che maneggia i quadri con la grazia di uno zootecnico, e io non gli ho risposto niente, ho riso, al telefono sono capace solo di ridere e rido perché non so cosa dire e non ho niente da dire, quelli che mi telefonano mi prendono sempre per un oligofrenico e hanno le loro ragioni perché io non so tenere alcun ritmo al telefono, al telefono non so dare corso ad alcun pensiero e riesco soltanto a rispondere con una risata che io stesso ascolto e trovo odiosa, una specie di nitrito nervoso, una sezione del problema che devo analizzare e mi sfugge è certamente questa incapacità di parlare al telefono, questo sentimento di odio e di pena che provo nei miei confronti quando nitrisco la mia risata al telefono, al telefono sono interrotto di continuo da questa raglio nervoso che mi scuote il collo e la testa, vorrei dire qualcosa e mi esce questo raglio insopportabile, già, la donna gravida è rimasta interrotta, io sono interrotto ed entrambi soffriamo della medesima interruzione, una sezione del mio problema è questo insopprimibile raglio telefonico, una parte del problema della donna gravida è che non ha i piedi, da un lato il nitrito che irrompe e dall'altro i piedi che non ci sono e le gambe interrotte, aspetti e parti dello stesso problema, questa perdurante necessità di smettere, smettere di ragliare e di telefonare, smettere di dipingere e smettere di pensare, di salutare, di rispondere, di leggere. Ci chiediamo qual'è il problema e ci tormentiamo intorno al problema fino a che non ci rendiamo conto di essere completamente dentro al problema, completamente avvolti nel problema, l'aver smesso tutto, così, all'improvviso o giorno per giorno, non lo so, eccolo il problema, ad un dato momento ho detto smetto tutto, e ho smesso davvero tutto, interrompendo tutto, questo mi dice con aria stanca la donna gravida che mi osserva attraverso la grande macchia bruna dell'ombelico, tu hai smesso tutto, sono ormai materiale inerte, uranio spento, osservo la polvere depositarsi sui pennelli e sui mobili, sugli abiti e sui giornali, solo adesso mi accorgo della mia completa passività, osservo la donna gravida incompleta e mi accorgo che tutto è in stato di abbandono, che rimane perfino l'impronta delle scarpe sui pavimenti tanta è la polvere che si è accumulata, mi trascino nella mia inerzia e nel mio problema, in questa dismissione di ruoli, di mandati e di spazi, credevo che il nemico fosse qualcosa di esterno, una somma di circostanze esterne che bussano con insistenza alla porta finché in un momento di distrazione le lasciamo entrare e invece devo lottare con degli stupidi sentimenti di inerzia, con il lasciarsi andare, così davanti alla donna gravida ho provato vergogna di me stesso, per l'imperdonabile mancanza di disciplina, mancanza di carattere, incapacità di reagire, di inventarsi un rinnovamento. Ci spacchiamo la testa sui problemi e intanto i problemi ci frantumano, facciamo una tremenda fatica a individuarli e intanto loro ci massacrano, così ci ritroviamo a un punto in cui bisogna andare fino in fondo, questa stanza, penso, deve smettere di essere la stanza della pittura, questa donna gravida incompleta deve smettere di essere la donna gravida incompleta, ora distruggo la tela della donna gravida incompleta, nessuna stanza di questa casa deve essere ancora la stanza di qualche cosa, ecco qui, cancello la macchia bruna dell'ombelico, quando siamo alle prese con un problema che ci ha già massacrati, dobbiamo andare fino in fondo, distruggere radicalmente da noi stessi gli ultimi riferimenti rimasti, gli ultimi appigli, e allora a pezzi la tela della donna gravida, bisogna distruggere e massacrare tutto da noi, dimostrare al problema che ci massacra che noi ci massacriamo da soli e molto meglio, che non c'è affatto bisogno del problema perché noi ci massacriamo mille volte meglio da soli, e allora gettare tutto a terra e via, strappare tutti i bottoni alle camicie e via, strappare tutti i vestiti e via, togliere tutte le porte e via, spaccare tutte le lampade e via, la vera efficienza consiste nel crearsi una nuova possibilità, strappare i lampadari dal soffitto e via, avvolgere nella plastica tutti gli oggetti, neutralizzare tutti gli oggetti, piatti, bicchieri, penne, righelli, avvolgere con nastro da pacchi marrone i tavoli e le sedie, le poltrone e i sanitari, mettere una seconda pelle a tutto, museificare il problema. La via migliore   per non essere definitivamente massacrati è sempre una via fisica, le scialbe coreografie intellettuali non servono a un fico e accelerano il massacro, mentre noi dobbiamo rispondere con la potenza muscolare, con la furia distruttiva del corpo, ho preso numerosi appunti a riguardo, appunti che rileggo spesso e che spesso ho la tentazione di ordinare e sistemare in una forma definitiva, ma ho troppo orrore della scrittura e di chi scrive, questo è un periodo dove tutti sognano di scrivere e perfino scrivono, migliaia e migliaia di imbecilli si sottopongono volontariamente alla tortura di scrivere, siamo circondati di persone che scrivono, gli stilisti scrivono racconti, gli elettrauto scrivono confessioni, i veterinari compilano memoriali, le guardie venatorie compongono sonetti e se per qualche miracolo a pagamento arrivano alla pubblicazione del libro, eccoli con la stessa soddisfatta espressione di chi ha vinto un pupazzo al tiro a segno, di chi ha abbattuto una pernice, come ragazzini che hanno preso un bel voto a scuola, impiegati encomiati dal direttore, si è avverato il sogno del libro e le loro case rigurgitano di migliaia di copie del loro libro, nelle loro case il loro libro impazza, il loro libro domina su tutto e su tutti, diviene il capofamiglia, assume la patria potestà e per chi entra non c'è più scampo, deve sottomettersi alla tortura del Libro, ossequiare il Libro, baciare il Libro, no, io non scrivo e non voglio avere a che fare con nessuna idea di pubblicare un libro, ci sono forme migliori e più oneste di prostituzione e questo lo sanno benissimo gli scrittori di professione, i professionisti dell'inutile e i loro libri, tutti i libri, che sono soltanto la mediazione di un atto osceno.

Sono assalito da improvvisi rumori, è strano, questa casa completamente imbalsamata è scossa e percorsa da continui rumori, suoni che spuntano da ogni angolo, scrosci metallici e vertigini sonore, ho nullificato lo spazio domestico e l'ho portato alle condizioni di una tomba ipogea eppure c'è un continuo e insopportabile canto di grilli, a volte si abbassa e svanisce, poi ricompare e diventa un fragore, come se tutti gli oggetti si liberassero contemporaneamente dal nastro adesivo in cui li ho avvolti, la ribellione delle cose che si esprime attraverso delle allucinazioni auditive, più scientificamente si potrebbe liquidare la cosa come un banale disturbo otorinolaringoiatrico, sintomi da quattro soldi, acufeni, pienezza all'orecchio, o magari un quadro più grave e complesso, la malattia di Menière, un'ipoacusia neurosensoriale, un'otosclerosi, guardo gli oggetti bendati e neutralizzati e sento la loro ribellione, i fremiti interni provocati dal tentativo di liberarsi di questa seconda pelle in cui li ho avvolti, è uno scampanellio improvviso, lo spazio che ruota su se stesso, un sintomo spiegabile e un fenomeno inspiegabile, da una parte la mia vertigine provocata con ogni probabilità da un'alterazione nel metabolismo idrico, dall'altra la vertigine delle cose che effettivamente si muovono da sole, io sono il sintomo delle cose che si agitano e le cose che si agitano sono il mio sintomo, resta da vedere e da studiare dove si nasconde la base fisiopatologica, se nel mio metabolismo idrico o nel metabolismo idrico delle cose. Io faccio girare la stanza e la stanza fa girare me, per dire qualcosa, la nullificazione della deputazione funzionale della stanza ha provocato l'insorgere di un sistema di relazioni empatiche, un tentativo di ritorno dalla rassegnazione alla disperazione dopo essere passati dalla disperazione alla rassegnazione, gli oggetti e lo spazio nullificato degli oggetti tentano di riguadagnare la disperazione e si scuotono, si muovono, quello che mi provoca la visione offuscata e a scosse degli oggetti e dello spazio che ospita gli oggetti, ma come è possibile, mi chiedo, rientrare dalla rassegnazione dopo aver proceduto con assoluta logica di sopravvivenza alla formalizzazione della rassegnazione attraverso la nullificazione, come è possibile adesso dare ascolto ai richiami e al canto dei grilli e alle voci del metabolismo idrico compromesso che mi seguono con costanza per questo spazio azzerato, riguadagnare la disperazione è altrettanto impossibile quanto riguadagnare l'innocenza e con essa l'innocenza delle cose, qualcuno adesso ha pronunciato una parola, ho sentito distintamente una parola provenire dalla maniglia della porta, cioè dal movimento della maniglia della porta, la maniglia della porta che si è mossa e ha detto derelizione, adesso le maniglie delle porte parlano, le maniglie non cigolano più ma parlano e dicono derelizione, d'altra parte non c'è da stupirsi, se i pavimentisti si sentono in diritto di scrivere poesie perché le maniglie non dovrebbero parlare, ma è una parola che non mi spiego, non credo di averla mai incontrata, derelitti e derelizioni, io sono un derelitto, questa è una casa derelitta, l'allucinazione della maniglia è una allucinazione derelitta, ho formalizzato la rassegnazione e quindi ho firmato l'abbandono totale, ho siglato il passaggio dalla disperazione all'angoscia, la rinuncia definitiva, le cose continuano a chiamare e scampanellare ma non é più possibile, sono molto dispiaciuto, ma non ci sono più possibilità, mi basta muovere appena appena la testa per provocare tutto intorno dei movimenti tellurici di altissima magnitudine, siamo arrivati a un bivio, da un lato la strada della rassegnazione e dell'abbandono volontario e perpetuo, e dall'altro il corridoio che termina nel bagno, la fine della rassegnazione e probabilmente l'inizio di una nuova disperazione, posso scegliere la giostra delle cose che si ribellano alla rassegnazione senza nessuna possibilità di sfuggire alla rassegnazione e posso scegliere la strada del corridoio che termina in fondo al bagno, la derelizione tramite annegamento nella vasca da bagno, da una parte l'abbandono parziale della rassegnazione, dall'altra l'abbandono definitivo per la disperazione, scegliere il gracidare rassegnato del metabolismo idrico compromesso delle cose o il definitivo abbandono nella disperazione come recupero totale del sintomo, in realtà nessuna scelta e nessuna necessità di scegliere, la maniglia ha già deciso per la via del corridoio che termina nel bagno, la maniglia si é pronunciata e noi non dobbiamo far altro che procedere all'ennesimo e ultimo, ennesimo ma ultimo, adeguamento, sono davvero avvilito, chiunque debba piegarsi all'ennesimo ma ultimo adeguamento, vorrebbe lasciare una situazione ordinata e un sistema in equilibrio, vorrebbe lasciare un buon ricordo di se, e invece ci lasciamo alle spalle sempre una situazione disordinata e confusa, in quanto derelitti non possiamo più rendere complici nessuno, abbiamo desertificato e nullificato credendo nel potere della rassegnazione e la rassegnazione ci ha schiantato, finché abbiamo creduto nella disperazione, le cose ci erano amiche e stabili, ora, strisciando devastati dalla catastrofe di Tumarkin, cerchiamo almeno di guadagnare il fondo del corridoio, cerchiamo almeno di vincere i sintomi che vorrebbero riconsegnarci alla rassegnazione, che ci inchiodano a terra e andiamo avanti piano piano, strisciando sui gomiti verso il ripristino definitivo, la vasca di derelizione ci aspetta e non possiamo rifiutarci, non possiamo, fino all'ultimo, non andare avanti.